講談社文庫

魔眼の光

公家武者信平《のぶひら》ことはじめ（十五）

佐々木裕一

講談社

『魔眼《まがん》の光——公家武者信平ことはじめ15』の主な登場人物

鷹司　松平信平《たかつかさまつだいらのぶひら》……三代将軍家光《いえみつ》の正室・鷹司孝子《たかこ》（後の本理院《ほんりいん》）の弟。鷹司の血を引くが庶子ゆえに姉を頼り江戸にくだり武家となる。

葉山善衛門《はやまぜんえもん》……家督を譲った後も家光に仕えていた旗本。家光の命《めい》により信平に仕える。

四代将軍・家綱《いえつな》……幼くして将軍となる。本理院を姉のように慕い、永く信平を庇護《ひご》する。

阿部豊後守忠秋《あべぶんごのかみただあき》……信平に反感を抱く幕閣もいる中、家光・家綱の意を汲《く》み信平を支える老中。

松姫《まつひめ》……徳川頼宣《とくがわよりのぶ》の娘。将軍・家綱《いえつな》の命で信平に嫁ぎ、その子福千代《ふくちよ》を生む。

徳川頼宣……松姫可愛《かわい》さから輿入《こしい》れに何かと条件をつけたが、次第に信平のよき理解者に。

お初《はつ》……老中・阿部豊後守の命により、信平に監視役として遣わされた「くのいち」。

五味正三《ごみしょうぞう》……町方同心。事件を通じ信平と知り合い、身分を超えた友となる。

江島佐吉《えじまさきち》……強い相手を求め「四谷《よつや》の弁慶《べんけい》」なる辻斬《つじぎ》りをしていたが、信平に敗れ家

目次

臣に。

道謙《どうけん》……信平の師。秘剣・鳳凰《ほうおう》の舞を授ける。後水尾《ごみずのお》法皇の叔父にあたる人物。

鈴蔵《りんぞう》……馬の所有権をめぐり信平と出会い、家来となる。忍びの心得を持つ男。

千下頼母《せんげたのも》……病弱な兄を想《おも》い家に残る決意をした旗本次男。信平に魅せられ家臣に。

神宮路翔《じんぐうじしょう》……徳川に復讐《ふくしゅう》を誓った秀吉《ひでよし》側近、神宮路幸親《ゆきちか》の末裔《まつえい》。幕府転覆を目論《もくろ》む。

亮才《りょうさい》……信平に囚《とら》われた神宮路翔の配下。

永井三十郎《ながいさんじゅうろう》……家綱より、信平の与力に任ぜられた公儀隠密《おんみつ》。

川村弥一郎《かわむらやいちろう》……紀州《きしゅう》徳川藩の薬込役《くすりごめやく》(御庭番の前身)。備後布田《びんごふだ》藩に潜入し鉄砲の密造を探る。

紗那《さな》……「弓の紗那」と呼ばれる冷酷な弓の遣い手だが、まだうら若き娘。

三宗《みつむね》……神宮路の配下。弓で多くの人を殺《あや》めさせる。

玉野伊次《たまのこれつぐ》……読書を好み人との交流を嫌い臆病で知られる五千石の大身旗本。

梅橋小彌太《うめはしこやた》……父の敵《かたき》にして藩を牛耳る国家老・大木兼定《おおきかねさだ》を倒すべく立ち上がる。

光音《みつね》……陰陽師《おんみょうじ》、加茂光行《かもみつゆき》の孫。

魔《ま》眼《がん》の光《ひかり》——公家武者信平《のぶひら》ことはじめ（十五）

第一話　弓の紗那《さな》

一

長崎《ながさき》のとある山の上に建つ屋敷《やしき》は、二千坪の敷地《しきち》を有する。

外から見た限りでは、この一帯に建てられている豪商の別邸と変わらぬ土塀がめぐらされ、とりわけ目を引くようなものではない。

だが、おとなの身の丈《たけ》ほどの土塀の内側には幅六間《けん》（約十一メートル）、深さは一丈余《じょうよ》（三メートル超）の空堀《からぼり》があり、表面を落ち葉で隠された下には、鋭く尖《とが》った竹《たけ》槍《やり》が隠されている。

塀を越えて侵入を試みる者が空堀に飛び下りれば、まず命はない。

表門の扉は、外から見れば木戸なのだが、内側には鉄砲弾を通さぬ鉄板が張られており、城のごとく守りが堅い。

長崎奉行ら幕府の役人は、この屋敷を単に豪商の別邸として把握しており、江戸を騒がせた神宮路翔《じんぐうじしよう》が中にいようとは、夢にも思っていない。

屋敷からは長崎の町が一望でき、陽を照り返して輝く海に浮かぶ扇形の出島《でじま》は、先月まで係留《けいりゆう》されていたオランダの帆船が出航したせいか、寂しげに見える。

屋敷の二階から町を眺めていた神宮路は、葡萄酒《ぶどうしゆ》を注いだ硝子《ガラス》製の器を長卓に置き、部屋の中に顔を向けた。

小豆色《あずきいろ》の着物に黒袴《くろばかま》を着け、総髪《そうはつ》を後ろで束ねた神宮路は、江戸で騒動をくわだてた者とは思えぬ穏やかな眼差《まなざ》しをしている。

南蛮《なんばん》の絨毯《じゆうたん》が敷かれた部屋には、側近の長光軍司《ながみつぐんじ》と、ひょうたん剣士と騒がれた宗《そう》之介《のすけ》もいるのだが、椅子《いす》に座る宗之介は、背もたれに身を預け、両手を頭の後ろに回して指を組んで天井を見上げ、退屈そうにあくびをした。

軍司が横目を向け、恨めしそうに一瞥《いちべつ》した。自身が先ほど知らせた江戸のことについて、神宮路がどう答えるか気になっていただけに、呑気《のんき》な態度の宗之介に苛立《いらだ》ったのだ。

神宮路は、宗之介の態度など気にせずに言う。

「亮才《りょうさい》がしくじるとはな。もう少し使える男かと思っていたが、わたしの見込み違いだったか。それとも、紀州《きしゅう》と信平《のぶひら》が上手《うわて》なのか」

「亮才が、我らに虚勢を張っていたとしか思えませぬ」

軍司が言うや、宗之介が立ち上がった。

「翔様、わたしを江戸に戻してください。信平を斬ってさしあげますよ」

神宮路が答える前に、軍司が制した。

「傷が癒《い》えていない身体《からだ》で倒せる相手とは思えないが」

宗之介が薄い笑みを浮かべ、永井三十郎《ながいさんじゅうろう》に仕込み刀で突き刺された太腿《ふともも》をさする。

「こんなのは、江戸に行く途中に治りますよ」

軍司が横目に宗之介を睨《にら》み、翔に問う。

「さようにに申しておりますが、いかがしますか」

「今は信平よりも大事なことがある。宗之介、お前は京《きょう》へ行け」

「ええっ？　放っておくと、また邪魔されると思いますけどね」

宗之介は不満そうだが、神宮路は聞き入れない。

「信平には弱みがある。そこを突いて、身動きできぬようにしてやればいい」

「楽しみはあとに取っておけということですか。京には、わたしが楽しめることがあるんですか」

「京と大坂《おおさか》の店に幕府が目を付ける頃だ。場所を移すまで、探《さぐ》りを入れてくる役人どもを始末しろ」

宗之介は朱鞘《しゆざや》の刀を持って立ち上がった。

「そういうことなら、喜んで」

神宮路は、微笑《ほほえ》む宗之介から目を転じる。

「軍司、火薬はどうなっている」

「次にオランダ船が入港する夏には、十分な量が揃《そろ》います」

「では、それまでに鉄砲を作り終えるよう伝えよ」

「はは。囚《とら》われている亮才の始末は、いかがいたしましょう」

「奴《やつ》にはもう一度だけ生きる道を与えてやる。布田《ふだ》へ行き、紗那の下に付けと言え」

「あの乙女と、仲よくできましょうか」

「亮才次第だ。双方を布田へ急がせろ」

「かしこまりました」

「亮才さん、生きて出られますかね」

心配する宗之介に、神宮路は酷薄な薄笑いを浮かべた。

「牢《ろう》から逃げることもできぬ者に用はない」

葡萄酒の器を持って窓際に立った神宮路は、軍司に横顔を向ける。

「ところで、例の件はどうなっている」

「万事、滞《とどこお》りなく」

「浪人があふれることになれば、骨のある者を金で雇え」

頭を下げる軍司から目を離した神宮路は、長崎の海と町を眺めながらワインを含み、味の良さに目をつむって表情を和《やわ》らげた。


所変わって江戸の空は、この三日のあいだ鉛色の雲に覆《おお》われている。

外の光が届かぬ石牢はねずみが這《は》い回り、床に落ちた麦飯の粒を見つけては食《は》み、時には囚人に嚙《か》み付く。

一匹のねずみが石牢の小窓から入り、横になっている囚人の上に落ちて来た。

そのねずみを鷲《わし》づかみに捕まえた囚人は、亮才だ。

連日の拷問《ごうもん》で血がこびり付いた顔の前にねずみを持って来ると、頭をなでてやり外へ逃がしてやった。

様子を見守っていた番人たちが、亮才を鼻で笑う。

「見ろ、ねずみがねずみを逃がしているぞ」

「屋敷に忍び込む仲間というわけか。こいつは笑える」

ねずみが去るのを見届けた亮才は、番人の声など耳に入っていない様子で身体を起こして座った。

この時すでに、亮才の手の中には丸めた短冊《たんざく》がある。ねずみが運んで来たのだ。

番人たちに背を向けている亮才は、手の中で短冊を開き、目の玉だけを下に向ける。

神宮路の慈悲を知り、新たな命《めい》を受けた亮才は、不気味な笑みを浮かべた。

番人を呼ぶ声が牢屋の入り口でしたので、一人が行き、程なく戻ってきた。後ろには牢屋同心がいる。

鋭い目で亮才を睨み、番人に顎《あご》を振って命じる。

「はは」

応じた番人が、鍵を外して格子戸を開けた。

「出ろ」

皆が油断なく見守る中、亮才は格子戸を潜《くぐ》った。

「大人しくしておれよ」

同心が番人に命じて亮才に縄をかけさせ、牢屋から外へ引っ張り出した。

細い通路を隔てた場所にある拷問部屋に連れて入り、縄で吊《つ》るし上げる。

支度を終えると、板場に座っていた公儀の役人が草履《ぞうり》を履《は》き、亮才の前に立って顔を見上げる。

中年の役人は、顔に血がこびりつき、腫《は》れ上がっている亮才に憐《あわれ》みの色を浮かべる。

「だいぶ痛めつけられたな。もはや助けなど来ぬぞ。今日こそは雇い主の居場所を吐いて、楽になれ」

亮才は、無表情だ。

役人がため息をつき、同心にうなずく。

応じた同心が、にぎっていた箒尻《ほうきじり》で亮才を打った。

連日の厳しい責めに身体中が痛む亮才は、呻《うめ》き声をあげた。

これには、同心が目を見開く。

昨日まではいくら打ち据えても薄笑いを浮かべ、じっと同心のことを見ていた薄気味悪い男だっただけに、手応えが感じられる。

同心はあと一息と見て、手に力を込めた。

「言え。言わぬか！」

「神宮路の棲家《すみか》はどこだ！」

もう一人の同心が厳しく打ち据えると、亮才は悲鳴をあげて苦しみ、気を失った。

「水！」

同心に応じて、小者が桶《おけ》の水をかけた。薄氷が張っていたほどの冷水だが、亮才はぴくりとも動かない。

「死んだか」

同心が顔を見上げた。

口から血が滴《したた》るのを見て、動揺する。

「しまった。つい力が入りすぎた」

驚いた公儀の役人が近づき、様子を見て顔をしかめた。

「今死なれては、紀州様と信平様のご苦労が徒《あだ》になる。下ろして医者に診せろ」

「はは」

同心が慌てて、亮才を下ろしにかかった。

一人が亮才の両足を抱えているあいだに縄がゆるめられ、そっと石床に寝かせた。

「医者を呼べ」

命じる役人に同心が顔をそらしたほんの僅《わず》かな隙に、亮才がむくりと起き上がり、無表情で同心の頭をつかんで捻《ひね》り、首の骨を折った。

「貴様！　騙《だま》したな！」

怒鳴った役人が脇差に手をかけて抜いたが、その手首をつかまれ、恐るべき力で骨を砕かれた。

「ぎゃあああ！」

亮才は、激痛に苦しむ役人から脇差を奪い取って腹に突き入れる。そして、倒れる役人を見もせず同心に斬りかかり、拷問部屋にいた五名の命をたちどころに奪い、屋根に上がって逃げた。

塀の外に飛び下りると、暗がりで人影が立ち上がる。

ねずみを使って神宮路の命令を伝えたのは、亮才の配下だ。

歩み寄った亮才が、したり顔で笑みを浮かべる。

「翔様を信じ、中で大人しゅうしておった甲斐《かい》があったというもの。して、わしに何をお命じなのだ」

「布田藩の領地を探る公儀の手の者を始末せよとの仰《おお》せです」

亮才は顔を引きつらせた。

「信平を始末するのではないのか」

「そのことは、別の手を打ってございます」

「おそばに戻れるのは、此度《こたび》の仕事次第ということか。まあよい、布田にまいろう。お許しいただくためにも、公儀の者を一人残らず斬って捨ててくれる」

「堀に舟を待たせてあります」

「うむ」

配下と共に堀へ走った亮才は、江戸から姿を消した。

二

月見台に出ようとして障子を開けた信平は、ゆらゆらと舞い降りる雪に気付いて、空を見上げた。

紀州徳川家《とくがわけ》の上屋敷《かみやしき》にいる松姫《まつひめ》と福千代《ふくちよ》は、寒がっていないだろうか。

妻子を想《おも》う信平の背後に、葉山善衛門《はやまぜんえもん》が出てきた。

「やはり降ってきましたな」

「ふむ」

「中でやりますか」

「そういたそう」

「少々お待ちを」

寒そうな顔の善衛門は、背中を丸めて手をさすりながら廊下を歩んで台所に行った。夕刻になり冷え込んできたので、酒を飲もうということになっていたのだ。

松姫と福千代の命を狙った亮才が捕らえられてから二月《ふたつき》が過ぎるが、あれ以来江戸では大きな騒動は起きていない。

亮才が牢から逃げたことも、神宮路翔が長崎に引き上げていることも知らぬ信平は、静かすぎる江戸の様子に不安をいだいていた。

目の届かぬ闇の底で、新たなたくらみが密《ひそ》かに進められているのではないか。

雪が本降りになるのを見つつ考えていると、善衛門が戻ってきた。酒肴《しゅこう》を載せた折敷《おしき》を持ったお初《はつ》が後ろに続いている。

部屋に入った信平はお初の酌《しゃく》を受け、盃《さかずき》の酒を口に流した。

善衛門が蓮根《れんこん》の煮物に箸《はし》を付け、一口食べて唸《うな》る。

「これは旨《うま》い。お初、おぬしは料理の才があるな」

「今頃気付いたのですか」

驚いた顔をするお初が、珍しく善衛門に酌をしてやった。

「これならば、いつでも嫁にいけるな。わしが世話をしてやろうか」

「結構です」

お初は立ち上がった。

「いや待て、言い方に語弊《ごへい》があった。世話というのはだな――」

「ですから結構です」

「まだ何も言うておらぬではないか」

善衛門が引き止めるのも聞かずに、お初は信平に愛想笑いを浮かべて頭を下げ、部屋から出て障子に手をかけた。障子の隙間から、いらぬことを言うな、という眼差しを善衛門に向けて、荒い音を立てて閉め切った。

目をしばたたかせた善衛門が、信平に顔を向けた。

「五味《ごみ》と何かあったのでしょうか」

「はて」

思い当たらぬ信平は、盃を口に運び、一口酒を含んだ。

「ご無礼つかまつります」

廊下で大声をあげたのは江島佐吉《えじまさきち》だ。鈴蔵《りんぞう》と共に江戸城の周辺を見廻《みまわ》って戻ったのだ。

障子を開けた佐吉は雪に頭を濡《ぬ》らし、寒さに鼻を赤くしていた。

信平は盃を佐吉に差し出す。

「おお、ありがたい」

注《つ》がれた酒を一息に干した佐吉が、臓腑《ぞうふ》に染みわたると言って一息ついた。

信平は廊下を見て問う。

「鈴蔵は部屋に戻ったのか」

「いえ、頼母《たのも》と共に千成屋《せんなりや》の様子を探りに行きました」

善衛門が不思議そうな顔をする。

「御公儀が目を光らせておるのだ。そこには戻るまい」

「わしもそう言うたのですが、念のためと申して聞きませぬ」

苦笑いをする佐吉に、信平はふたたび酒をすすめた。

「して、城の様子はいかがであった」

「静かなものです。大手門《おおてもん》を守っておられる方々《かたがた》は、神宮路はすでに、江戸におらぬ気がすると言うておられました」

「麿《まろ》も、そのことは考えていた。阿部豊後守《あべぶんごのかみ》様は、日ノ本中《ひのもと》にある千成屋を調べるよう進言されたが、他の方々が難色を示されている」

「何ゆえでござる」

「大名の領国には、御公儀といえども確たる証《あかし》なくして堂々と入ることはできぬというのが、方々の意見だ。特に稲葉美濃守《いなばみののかみ》様は、諸侯に探索を委《ゆだ》ねるべきだとおっしゃった」

「殿は、どちらが正しいと思われますか」

「城下に千成屋がある藩主の方々は、御公儀に謀反《むほん》の疑いをかけられまいと必死と聞く。稲葉様はそこを利用し、大名たちを働かせようとされておられるのだ」

「なるほど」

佐吉は納得したが、善衛門は口をむにむにとやる。

「稲葉様にしては、考えが甘《あも》うござる。大名が千成屋に与《くみ》しておれば、我が領地にはおらぬとか、もぬけの殻《から》であるなどと申せばいくらでも誤魔化《ごまか》せるというに」

「案ずるな善衛門。阿部様は、裏をかいて密偵を送られる気だ」

善衛門は驚いた。

「では、先ほどお初が怒ったのは、お初も密偵として送られるからでござるか」

「聞いておらぬが、お初は元来阿部様の家来だ。下命があれば行くであろう」

「命がけの役目となりましょうから、五味が知れば、同心を辞めてでもお初を追うと言いかねませぬぞ」

「うむ」

佐吉が身を乗り出す。

「殿、御老中はお初殿に命じられましょうか」

「それは、千成屋が城下にあると分かっている藩の出方次第だろう。怪しいと思われれば、命じられるやもしれぬ」

信平はふと、廊下を見た。酒を持って来たお初が、驚いた顔をして立っている。

「その顔は、豊後守様から聞いていないようだな」

「初耳です」

入ってきたお初が信平に酌をして正座し、両手を膝に揃えて目を伏せた。

「わたしは信平様を監視する命を受けていましたが、今は、お守りするよう仰せつかっています。他国へ行かされることはないかと」

信平は安堵《あんど》の笑みを浮かべた。

「さようか。ならばよいのだ」

お初がうなずき、善衛門に眼差しを向ける。

「五味殿とのことは、口出し無用に願います。わたしは忍びの者。嫁《とつ》ぐことはありませぬ」

「まことに、それでよいのか」

「五味殿の前で口にされませぬよう願います」

「こころに決めておるなら、五味にはっきり言うてやれ」

「言いました！」

お初の剣幕に、信平と善衛門は顔を見合わせた。

「言いましたけど、あの人は馬鹿というか、能天気《のうてんき》というか……」

口ごもるお初に、信平は笑った。

「夫婦《めおと》になれずとも、共にいたいと言われたのだな」

お初がはっとした。

「あの人から聞いたのですか」

「いや。五味ならばそう申すであろうと思うたまで」

様子をうかがう善衛門に、お初は不機嫌な顔を向けた。

慌てて目をそらした善衛門が、口の中でもごもご言う。

お初が口を開く。

「聞こえません。はっきりおっしゃってください」

「いや、ただ、あれだ。五味のことを好いておるなら、忍びであっても結ばれて良いのではないかと思うてな」

お初はため息で返し、空いた銚子《ちょうし》を折敷に載せて立ち上がる。

「わたしの気持ちは変わりません。ご心配なく」

言い切って部屋を出るお初を見て、善衛門は首をすくめた。

程なく鈴蔵と頼母が戻り、千成屋に怪しげなところは何もなかったというので、信平は酒をすすめ、遅くまで語り合った。

佐吉が飼っている鶏《にわとり》が鳴く声で目をさました信平は、床の中で天井を見つめて考えごとをしていたのだが、廊下を走る音に半身を起こした。

障子紙を破るほどの勢いで開けた善衛門が、青い顔をして入ってきた。

「殿、曲者《くせもの》が忍び込みました。月見台下の池の鯉《こい》がすべて死んでいます。若君が愛《め》でられた鯉がです」

「麿ではなく鯉を狙《ねろ》うたのは、脅しであろうか」

「おっしゃるとおり、月見台の手すりにこれが結ばれておりました」

渡された紙には、千成屋の探索から手を引かなければ妻子の命を必ず奪うと記されていた。

あとから来たお初が、厳しい顔をしている。

「池のほとりにこれが落ちていました」

差し出したのは竹筒だ。

「毒か」

「はい。覚えのある匂いです。一滴で人を殺せる猛毒かと」

信平は命じる。

「瓶《かめ》の水をすべて捨て、井戸を調べてくれ」

「かしこまりました」

信平は身支度を整え、松姫と福千代の元へ急いだ。

三

紀州徳川家の上屋敷は、亮才の侵入を許したことを教訓に人が増やされ、厳重に警固されている。

松姫と福千代を守っている徳川頼宣《よりのぶ》は、訪れた信平から話を聞いて息を吞《の》んだ。

「死人が出たのか」

「いえ。池の鯉を殺されたのみにございます。脅しの文《ふみ》が置かれておりました」

「気配に気づかぬとは、婿殿らしゅうないの」

険《けわ》しい顔を向けられ、信平は肩を落とした。

「まさか池の鯉を狙うとは、思いもよらず」

「毒を流されたのが井戸ならば、どうなっておったか……」

「返す言葉もございません」

卑劣《ひれつ》な真似《まね》をする相手に、頼宣は憤《いきどお》りを隠さない。

「婿殿を襲うても歯が立たぬので、松と福千代を殺すと脅し、身動きが取れぬようにするのが狙いであろう。卑怯《ひきょう》極まりない奴だ」

「はい」

「婿殿、脅しに屈してはならぬぞ」

「……………」

浮かぬ顔をする信平に、頼宣は心外そうな顔をする。

「わしに預けるのは不安か」

「いえ」

改めて松姫と福千代のことを頼もうとした時、頼宣側近の戸田外記《とだげき》が廊下に現れ、片膝をついた。

「殿、御公儀から使者がまいりました」

戸田の青白い顔は生まれつきだが、尋常でない様子に頼宣が眉をひそめる。

「いかがした」

「当家に侵入して信平様に捕らえられた曲者が、石牢から逃げたそうにございます」

「何！」

驚く頼宣の前に座っている信平は、厄介《やっかい》な相手がふたたび野に出たことに気落ちした。

「池に毒を流して脅したのは、逃げた曲者であろうか。婿殿、どう思う」

「そうかもしれませぬ」

「ならばここにも来る恐れがある。外記、皆に伝えて守りを厳重にせい」

「はは！」

戸田が急いで部屋を出ると、頼宣は腕組みをして目を閉じた。

考えをめぐらせている頼宣を邪魔せぬよう、信平は黙って、亮才をどう捕まえるか考えていた。

亮才を逃がしたことは、千成屋から姿を消した神宮路とひょうたん剣士の行方《ゆくえ》を知る唯一の手がかりを失ったことになる。

神宮路がふたたび現れ、何かを仕かけてくるのを待つことになるが、それではまた人が殺される事態になるかもしれぬ。

文が脅しでなければ、妻子の命とて……。

信平は、ふたたび松姫と福千代のことを頼もうとしたのだが、その前に頼宣が腕組みを解き、渋い顔で口を開いた。

「婿殿」

「はい」

「曲者が逃げてしまったからには、松と福千代を、より堅固な場所に移したほうが良い。和歌山《わかやま》の城に連れて行かぬか」

思わぬことに、信平は驚いた。

だが、頼宣の言うとおりだ。

堀と石垣に守られた城ならば、曲者は容易に侵入できない。

「毒見役も優れた者を付ける。どうじゃ」

これに勝《まさ》ることはないのだが、松姫と福千代を江戸から出すには、障害がある。

将軍家直参旗本の正室と嫡男《ちゃくなん》は、江戸に暮らすのが定め。将軍家縁者の信平とて、例外ではないはず。

「ありがたいことではございますが、お許しは得られぬかと」

「案ずるな。わしが上様に話をつけてやる。登城の許しを得られれば、明日にでもお願いしに上がろう」

「わたしもお供をいたしましょう」

「うむ。上様はお許しをくださろうが、問題は、松がうんと言うかじゃ。婿殿と遠く離れることになるゆえ、これは上様を説得するよりも難しいぞ」

「松には、わたしが話します」

「そうか。ではそうしてくれ。誰かある」

声に応じて小姓《こしょう》が廊下に現れた。

「婿殿を松と福千代の元へ案内《あない》いたせ」

「はは」

小姓の案内で奥御殿に渡った信平は、十日ぶりに妻子の顔を見て、気持ちが和らいで落ち着いた。

福千代は、信平の顔を見るなり駆け寄って抱きつき、嬉《うれ》しそうな笑みで見上げた。

「良い子にしているか」

福千代を抱き上げ、上座の茵《しとね》に腰を下ろした。

「会うたびに大きくなった気がする」

横に座る松姫が、福千代の着物をなおしてやりながら穏やかな笑みを向けた。

「近頃はよく食べますから」

「さようか」

「目を離すと庭に出ようとしますので、油断ができませぬ」

遊びたがる福千代を部屋に留《とど》めておくのは可哀想《かわいそう》だが、警固のことを考えると不自由をさせなければならない。今も庭には数名の奥女中がおり、頭に鉢巻《はちま》きをして着物に襷《たすき》をかけ、薙刀《なぎなた》を手に警戒している。塀の内外は藩士たちが目を光らせ、死角がないように守りを固めている。

堀も石垣もない江戸の藩邸では、昼夜を問わず警固をする者には大変な負担であろう。

信平は、庭にいる奥女中たちを見ていたが、眼差しを松姫に向けた。

「そなたに、話すことがある」

表情から察した松姫が、下座に控えている竹島糸《たけしまいと》に福千代を預けた。

意をくんだ糸が、福千代に木馬で遊ぼうと言って連れ出し、障子を閉めた。

膝を転じた松姫は、信平と目を合わせて問う。

「何か、よからぬことがございましたか」

「すまぬ。麿のせいで、松と福千代の命を狙う者がいる」

信平は初めて告げたが、松姫は驚くことなく、目を見たまま顎を引いた。

「屋敷の様子から察して、父上にうかがいました。わたくしと福千代を狙って、曲者が入ったことでございますね。国代《くによ》殿が気付いてくれなければ、危うかったとか。今は囚われの身だと聞いていますが」

「その者が、逃げたのだ」

松姫が目を見開いた。

「では、ふたたびここに……」

信平は、不安を隠せぬ松姫の手をにぎり、引き寄せた。

「麿がさせぬ。必ず捜し出して成敗《せいばい》するゆえ、それまでは、守りがより堅固な和歌山の城へ行ってくれぬか」

松姫は信平から離れ、潤《うる》んだ目を向けた。

「どうしても、行かねばなりませぬか」

「離れるのは辛《つら》いが、敵は容易ならぬ。福千代のためと思うて、聞いてくれ」

「また、離ればなれになるのですね」

目から、涙がこぼれた。

松姫を泣かせてしまった不甲斐《ふがい》なさに、信平は気持ちが沈んだ。

「すまぬ」

松姫は首を横に振り、信平の胸に寄り添った。

「悪いのは、この世を乱そうとする者。わたくしと福千代は、決して足手まといにはなりませぬゆえ、思う存分お働きくだされ」

「松と福千代を狙う輩《やから》を、このままにしてはおかぬ」

抱きしめた信平は、愛する松姫と福千代を命にかえて守るべく、いかなる悪にも立ち向かうと決意した。

だが、松姫を狙って捕らえられた亮才は、この時すでに、江戸を脱していたのである。

四

備後《びんご》布田藩の領地に潜入している川村《かわむら》弥一郎《やいちろう》は、山師に変装して山に入って道なき道を進み、葉の落ちた大木に登っていた。

凜々《りり》しい眼差しの先にあるのは、急激に切り崩されている山だ。

人里から遠く離れた山奥にあるこの場は、布田藩が隠してきた鉄山《てつざん》である。

川は砂鉄を取り出すため土色に濁り、たたら場周辺の山は木々が伐採《ばっさい》され、炉に焚《た》く木炭にされている。

土埃《つちぼこり》と白煙が舞い上がり、穏やかな山里とは思えぬ異様な景色に、弥一郎はただならぬ気配を感じた。

たたらで作られた鉄は牛車《ぎっしゃ》に積まれ、谷の奥へと運ばれている。

貴重な財源であるはずの鉄を売らず、山奥へ運ぶ理由はただひとつ。人目に付かぬ場所で、ご禁制の鉄砲を作っているのだ。

あるじ徳川頼宣に鉄の大量生産を知らせたことで、改めて鉄砲製造の証《あかし》をつかむよう命じられた弥一郎は、たった今、調べを終えて来たばかりだ。

今分かっていることを江戸の頼宣に知らせるべく、弥一郎は木の上で絵図をしたため、鉄砲を作っている場所を記した。

支度を終えると、猿のように木から木へ飛び移って山を駆け下りる。

配下の者が隠れ家にしている旅籠《はたご》がある宿場に入る時には、薪《たきぎ》を売りに来た百姓になりきり、しょいこは枯れ枝で満杯だ。

江戸に走らせる配下が待つ旅籠の裏手に回り、

「薪はいらんかね」

唄《うた》いながら商売をすると、小さな木戸が開いた。

旅籠の下男が顔を覗《のぞ》かせて、迷惑そうな顔をする。

「うちは間《ま》に合っているからよそへ行け。うるさくするとお客に迷惑だ」

「これはどうもすみません」

逃げるように去り、旅籠の裏を流れる小川のほとりで待っていると、旅の薬売りの身なりをした配下が出てきた。

弥一郎はその者と、顔を合わせることなく言葉を交わす。

「鉄砲製造の場所を突き止めた。急ぎ殿へ届けろ」

「承知しました」

人には聞こえぬ声でやりとりを終えた弥一郎は、しょいこから枯れ枝を抜いて置き、何気ない様子でその場を離れた。

枯れ枝を拾った配下の者が、薬箱に挟み込んで江戸へ向かう。

離れたところで振り向いた弥一郎は、明日は鉄砲が運ばれる先を突き止めるべく、ねぐらにしている山奥の木小屋へ帰った。

重要な情報を受け取った配下の者は、日が暮れはじめた街道を走った。

国境《くにざかい》には関所があり、木戸は暮れ六つに閉ざされる。

その前に抜けようと急いでいると、田圃《たんぼ》のほとりの小屋の軒先から、つと侍が現れた。

薬の行商に化けている配下の男は、商人らしく頭を下げて通り過ぎようとしたのだが、

「待てい！」

厳しい口調で止められた。

「なんでございま――」

言いきらぬうちに刀を抜き打たれ、配下の者は咄嗟《とっさ》に飛びすさった。

髭面《ひげづら》の侍が、白い歯を見せてしたり顔をする。

「その身のこなし方。やはり密偵か」

配下の者は油断なく後ずさり、きびすを返して逃げた。

だが、風を切って飛んで来た弓矢に太腿を貫かれ、呻き声をあげて倒れる。

雑木林の枯れ草の中で人が立ち上がった。枯れ草色の小袖《こそで》と藍染《あいぞめ》の短袴《たんこ》を着けて弓をにぎるのは、腰まで伸びた黒髪を後ろでひとつに束ねている、うら若い乙女だ。

「お見事」

喜ぶ侍に、女は鼻先で笑い、倒れている弥一郎の配下のそばに歩み寄る。

配下の者は、額に脂汗を浮かせて睨んだ。

乙女は無表情で見下ろして、小太刀を胸に突き入れた。

刃が心ノ臓に達して息絶える様子を、瞬《まばた》きもせずに見つめている。

「冷酷な乙女とは聞いていたが、弓の紗那とは、お前さんのことかい」

「誰だ」

共にいた侍が声を張って警戒の顔を向ける雑木林から、蓑《みの》と菅笠《すげがさ》を着けた亮才が現れた。

紗那が色白の小顔を向けて問う。

「亮才だな」

「いかにも」

「ふん。命が惜しければ、我らの足を引っ張らぬことだ」

笹紅色《ささべにいろ》の唇に薄い笑みを浮かべた紗那は、幼顔に似合わぬ厳しさで忠告する。

これにはさすがの亮才も、表情を険しくした。

「翔様がおぬしの下へ付けと命じられたは、わしを見張り、いずれ命を取らせるためか」

「しくじれば、次はないということだ」

「分かった」

大きくうなずいて見せる亮才を横目に、紗那は薬箱に挟まれている枯れ枝を拾い上げた。

「三宗《みつむね》、中を調べろ」

投げ渡された侍が刀を納め、枯れ枝を夕陽《ゆうひ》にかざして見る。

「なるほど」

仕込みを見破った三宗は、両手でつかみ、左右の手を逆に回して開けた。中には、弥一郎が鉄砲密造のことを記した紙が入っていた。

開いて見た三宗が、目を見開く。

「細かいところまでよう調べておる」

密書を受け取った紗那が一読し、その場で破り捨てた。

「国家老に伝えて、山狩りをして密偵を追い出すように言え」

「承知」

三宗が城下へ急ごうとしたのを、亮才が止めた。

「それではわしの仕事がのうなる。小娘、ここはまかせていただこうか」

亮才が飛びすさる間もなく、喉元に小太刀の切っ先が突きつけられた。

紗那が恐ろしい形相《ぎょうそう》をしている。

「わたしは小娘ではない。二度とそう呼ぶな」

「わ、分かった」

ゆるりと刀を引いた紗那が、きびすを返す。

「密偵はお前にまかせる。三宗、行くよ」

立ち去る紗那の後ろ姿を見つつ、亮才は喉に浮く血を指でぬぐう。

「どこから見ても小娘ではないか。偉そうに」

毒づく亮才の背後に、手下が片膝をついた。

「密偵を捜し出せ」

「はは」

配下が走り去ると、亮才も別の方角に去った。

木小屋に戻った弥一郎は、しょいこを下ろして枯れ枝を囲炉裏《いろり》に入れて火を焚き、今朝の残り物の雑炊《ぞうすい》を温めて腹を満たした。

酒の徳利《とつくり》を引き寄せ、器に注がず口飲みして一息つく。

陽はまだあるが、木々に囲まれた小屋の周りは薄暗く、隙間から冷たい風が入ってきた。

雪は降っていないが、今夜も冷え込みそうだ。

弥一郎はふたたび酒を飲み、火を見つめていた。

鉄砲の鍛冶場《かじば》では大勢の職人が働いていて、日に何十という数の鉄砲が作られている。

大量の鉄砲を有した軍勢が蜂起《ほうき》すれば、おそらく今の徳川では勝てぬだろう。

大藩の紀州藩でさえ、鉄砲を有する数は厳しく定められているのだ。

武勇に優れた武将が大勢いた戦国の世ならまだしも、泰平の世の今、ずらりと並ぶ鉄砲に勇ましく立ち向かう兵はいない。

大量の鉄砲を目の当《ま》たりにした弥一郎は、それらが一斉に火を噴く光景を想像して背筋が寒くなった。

鉄砲が送られる先を、なんとしても突き止めなければ。

気を引き締めた弥一郎は酒を飲むのをやめて、明日に備えて横になった。

何ごともなく夜が更《ふ》けていき、やがて、山に朝霧が流れ込み、夜が明けはじめた。

霧の中で、小屋が霞《かす》んでいる。

足音を忍ばせて小屋を囲むのは、黒装束《くろしょうぞく》を纏《まと》い、忍びの直刀を持つ亮才の配下たちだ。

小屋の中にいる弥一郎は、気配に気付き、目をさましている。己の気配を殺して刀を取った、その刹那《せつな》、戸が蹴破られ、押し入った曲者が襲いかかった。

袈裟《けさ》斬りに打ち下ろされる刃をかわした弥一郎は、背後の小窓から外に飛び出る時に煙玉を炸裂《さくれつ》させ、追おうとした曲者の目をくらました。

地面に頭から突っ込んで前転して立ち上がる弥一郎に、外を囲んでいた曲者の一人が斬りかかる。

弥一郎は横転してかわし、追いすがる敵に振り向きざまに刀を振るう。

だが、鎖帷子《くさりかたびら》に阻《はば》まれて斬れない。

「ええい！」

苛立ちの声をあげた弥一郎は、敵の一撃をかわし、刀で喉を突いてようやく息の根を止めた。

横手から迫った敵が、気合をかけて斬りかかる。

刀を弾いた弥一郎が、敵の腹を突いて怯《ひる》ませ、首に刃を滑り込ませて致命傷を与えた。

背後から迫ってきた新手《あらて》の一撃を手甲《てっこう》で受け止め、同時に足を払い斬る。

小屋の壁を突き破って出た敵が、弥一郎に玉を投げた。割れた玉から目つぶしの粉が噴く。

白い粉に包まれた弥一郎であるが、彼とて紀州藩が誇る薬込役《くすりごめやく》（後の御庭番）の一人。

「効かぬわ！」

ものともせず前に出て、敵の目を貫いて倒した。

油断なく周囲を探る弥一郎であったが、擲《なげう》たれた手裏《しゅり》剣《けん》が腕に刺さった。

「うっ」

咄嗟に後転して山に駆け入り、急斜面を滑り下りた。

追う敵の気配を察して獣道《けものみち》を走ったが、突然目の前が開ける。すんでのところで止まったつま先の下は崖で、茶色く濁った急流が行く手を阻んだ。

弥一郎は振り向き、茂みを睨んで刀を構える。

擲たれた手裏剣を刀で弾き飛ばし、猛然と出た。

茂みから曲者が飛び出し、刃をぶつけ合う。

弥一郎を襲ったのは亮才だ。

亮才は振り向きざまに刀を一閃《いっせん》した。

頭上にかわした弥一郎が、亮才の腹を突く。

またしても鎖帷子に阻まれ、亮才がしたり顔をする。

頭上から刃を突き下ろす亮才の手首を受け止めた弥一郎は、刀を顎に突き入れた。

「くっ……。うう」

目をむき、苦痛に呻く亮才の口の端から血が滴った。

弥一郎が刀を抜くや、亮才はよろよろ下がり、仰向《あおむ》けに倒れた。

長い息を吐いた弥一郎が、手裏剣が刺さっている右腕を見て、舌打ちをする。

「不覚を取ったな」

独りごちて、薬を手に入れるため一旦里へ下りようと歩みを進めた、その時、肩に弓矢が突き刺さった。

突然のことに声もなく驚く弥一郎の足に、二本目が刺さる。

「うっ」

激痛に怯んだ弥一郎は、崖から足を踏み外してしまい、ごうごうと流れる川に落ちた。

崖から見下ろした紗那が、弥一郎が落ちて飛沫《しぶき》が上がる場所を狙って弓を引く。放たれた矢が水面に吸い込まれて間もなく、土色の中に赤い血が浮き、濁った川面《かわも》に着物が見えるも、すぐに沈んだ。

手ごたえにほくそ笑む紗那が、弓を下ろした。

「三宗、国家老に命じて密偵の骸《むくろ》を探させろ」

「承知」

まだ息がある亮才が、紗那の足首をつかんだ。

「た、助けて……」

紗那は微笑を浮かべ、弓に矢を番《つが》えて亮才の額に向けた。

「失敗は許されないと言ったはずだ」

絶句する亮才の額を、矢が貫く。

死してなお足首をつかむ亮才の手を離した紗那は、三宗に顔を向ける。

三宗は顔をしかめて言う。

「惨《むご》いことをなさる」

「行きな」

顎を振って先を急がせた紗那は、茂みに分け入る三宗に続き、獣道を駆け去った。

弥一郎を飲み込んだ崖下の川は、激しい水音を上げて、何ごともなかったように流れている。

五

信平が頼宣に呼ばれたのは、松姫と福千代を和歌山に逃がす許しを得るための登城を明日に控えた日の早朝だった。

登城を許されるまでに半月もの時を要したのは、妻子を和歌山に行かせたいことをあらかじめ伝えたからだった。

いかに頼宣と信平の頼みでも、古《いにしえ》よりの定めを変えるべきではないという声があり、幕閣のあいだで揉《も》めごとが起きたのだ。

いつまでも決まらぬことに頼宣が不服を申し立てたことにより、将軍家綱《いえつな》の命でようやく登城が許され、明日を待つばかりだった。

紀州藩の上屋敷へ赴いた信平が頼宣から告げられたのは、弥一郎のことだ。

「三日前までに戻るはずの繫《つな》ぎが戻らぬ。今日まで待ったが、弥一郎が怠《おこた》るはずもなく、おそらく見つかったに違いない」

生きておるのかも分からぬと言い、弥一郎の身を案じている頼宣の様子に、信平は胸を痛めた。

「やはり布田藩は、領内で鉄砲を作っているのでしょうか」

「鉄を大量に作っているという知らせを受けて、鉄砲密造の有無を調べるように命じておった。繫ぎ役が見つかったか、あるいは弥一郎の身に何か起きておるとしても、知らせが途絶えたとなると、密造は、ほぼ間違いなかろう。これは由々《ゆゆ》しきことじゃ。明日を待っている時はない。これより城へ上がるゆえ供をいたせ」

「はは」

信平は頼宣に従い、そのまま登城した。

黒書院《くろしょいん》に案内されると、頼宣は下段の間をずかずか歩き、上段の間に近いところであぐらをかいて座った。

信平は離れた下座に控え、待つこと程なく、まずは稲葉美濃守が入り、酒井雅楽《さかいうたの》頭《かみ》、阿部豊後守の順で下段の間に入ってきた。

頼宣の右に座る稲葉と酒井が、突然の登城に不機嫌な顔をしている。

最後に左側に座った阿部が、信平に親しみを込めた眼差しを向けてうなずき、ひとつ咳《せき》をして頼宣に言う。

「紀州様、いかがなされました」

頼宣がじろりと目を向ける。

「上様は」

「間もなく来られます」

「では、上様を待つ」

鼻先で笑ったのは、酒井だ。

「信平殿の妻子のことでござろう。池に毒を流されたくらいで正室と嫡男を実家に逃がすというのは、公家《くげ》では通るのかもしれぬが、武家では考えられぬこと。美濃守殿、そうでございましょう」

振られた稲葉は、難しい顔で腕組みをして黙っている。

頼宣がじろりと睨んだ。

「美濃守殿、遠慮はいらぬ。思うておることを申せ」

頼宣の威圧に、稲葉は困り顔をした。

「妻子を狙われた信平殿の気持ちは分からぬではござらぬが、正室と嫡男を江戸城下へ住まわせるは、将軍家に対する忠義の証《あかし》。いかなる理由があろうと、曲げることはできませぬ」

稲葉は正しい。

そう思う信平が応じようとしたが、頼宣が黙っていない。

「池に毒を流したのは神宮路の手の者だ。わしの娘と孫が殺されてもよいと申すか」

稲葉が慌てた。

「いえ、そのようなつもりでは」

「婿殿は神宮路の暴挙を阻止《そし》したゆえに、妻子を狙われておるのだ。そこを考慮してもよいではないか。不平等だと文句を言う者がおるなら、その者を神宮路と戦わせろ」

頼宣の剣幕に押し黙る稲葉を見て、酒井が反論した。

「そう申されますな。命を狙われておるのは我らも同じにござる」

「妻子までは狙われておるまい！」

「むっ。それがしは多くの家臣を失っておりますぞ」

互いに譲らず言い合いになりかけたところへ将軍家綱が現れたので、廊下に控えていた小姓が慌てて声をあげた。

「上様の、御成りでございます！」

頼宣と酒井が休戦し、居住まいを正した。

廊下の障子が開けられ、水色の着物と羽織《はおり》に、白地に銀糸の雲柄を施された袴を着けた家綱が入り、頭を下げる頼宣と信平に顔を向けて歩み、正面に座る。

「権大納言《ごんだいなごん》、何が気に入らぬゆえ大きな声を出しておるのだ」

「これは、御無礼をいたしました」

「信平の妻子のことか」

「おっしゃるとおりにござる。上様、江戸を魔の手から救った信平殿は、敵から妻子の命を狙われております。和歌山城に匿《かくま》うことをお許しくだされ」

「上様、特別扱いはなりませぬぞ」

「そう言うな、雅楽頭」

「上様……」

酒井を家綱が手で制した。

「神宮路なる者は、信平の力を封じ込めるために策を講じてきたのだ。妻子を守ってやらねば、信平も思う存分働けまい」

「しかし、それでは示しがつきませぬ。我も我もと、諸大名が妻子を国へ送りますぞ」

酒井に続いて、稲葉が訴えた。

「信平殿の例を挙げて妻子を国に返したがる大名が出てまいりましょう。そうなれば、信平殿を許してわしを許さぬかと、曲がる者が出てくるはず。ここは、信平殿に折れてもらうしかございませぬ」

うなずいた家綱は、両手をついたままの信平に声をかけた。

「信平、面《おもて》を上げて近《ちこ》う寄れ」

「はは」

信平は顔を上げ、招かれるままに、頼宣のすぐ後ろに座りなおした。

「つい先ほどまで、本理院《ほんりいん》様と話をしておった」

前《さき》の将軍家光《いえみつ》正室の本理院は信平の実の姉だ。

家綱は実子ではないが、母と慕っている。

「息災であられましょうか」

「うむ。長らく福千代の顔を見ておらぬと申されて、寂しがっておられたぞ」

信平は恐縮した。

「無沙汰《ぶさた》をしております」

「本理院様は、松殿と福千代が命を狙われておるのを案じておられた」

「おそれいりまする」

家綱が、阿部と目顔をかわした。

阿部がうなずくと、家綱も顎を引いて言う。

「信平」

「はは」

「妻子のことが不安では、存分に働けまい。どうじゃ」

信平は、両手をついた。

「和歌山城に行くことをお許しいただきとうございます」

「そのことじゃが、豊後が危ないと申しておる」

頼宣が不機嫌な顔を阿部に向けた。

「豊後守殿、和歌山城の守りは完璧《かんぺき》じゃ。曲者が入ることはできぬぞ」

阿部がうなずく。

「城の守りが堅いのは当然承知しております。問題は、和歌山までの道中にございます。ひょうたん剣士や、紀州藩の上屋敷に忍び込み、堅固な石牢までを破った曲者を操《あやつ》れる神宮路は、油断ならぬ相手。数百数千の軍勢を率いての道中ならまだしも、僅かな手勢のみで信平殿の妻子に長旅をさせるのは、危のうございますぞ」

「船で行かせるつもりゆえ、心配はない」

口ではそう言った頼宣だが、表情に不安の色を浮かべている。

家綱が阿部に代わって口を開いた。

「侮《あなど》ってはならぬ。船旅であっても、道中で襲われて人質に取られた時、信平、そなたは妻子の命を犠牲にして、神宮路と戦えるか」

「…………」

返答に窮する信平に、酒井が厳しい眼差しを向ける。

「信平殿に、妻子を見捨てることはできますまい。おそらく、神宮路の命じるままになりましょう」

家綱が酒井に顔を向けた。

「信平は悪事に加担などせぬ」

「さて、どうでしょうか。信平殿、妻子の命と引き換えに、上様の首を取れと脅されたらいかがする」

「雅楽頭殿、口がすぎますぞ」

阿部が止めたが、酒井はなお言う。

「信平殿、いかがか」

「上様の命を狙うことなどいたしませぬ。妻子が敵の手に落ちたその時は、命を賭して、助け出すのみ」

「それが叶《かな》わなかった時のことを訊《き》いておるのだ」

酒井に厳しく問われて、信平は涼しい顔で言う。

「そうならぬために、妻子を守りたいのです」

「雅楽頭、後ろ向きのことを想像して信平を責めたてるのはやめよ」

家綱に止められ、酒井は口を閉じて頭を下げた。

「信平」

「はは」

「余は、そなたの妻子を和歌山に行かせることは許さぬ」

将軍の命に背《そむ》くことはできない。

頼宣は悔しげに膝を打ち、信平は両手をついて頭を下げた。

「面を上げよ、信平」

「はは」

家綱が、信平の顔を見て言う。

「されど、このままではそなたの妻子が危うい。そこで、松殿と福千代を大奥《おおおく》で預かろうと思うが、どうじゃ」

思わぬことに、信平は目を見張った。

頼宣が手を打ち鳴らす。

「守りを固めておる今の江戸城なれば、どこよりも安心でござる」

慌てた稲葉が、家綱に膝を転じる。

「上様なりませぬ。大奥は将軍家の聖域ともいえる場所。いかに信平殿が将軍家の縁者といえども、家臣は家臣。大奥に妻子を住まわすことなど許されませぬ」

「住まわせるのではない。預かるのじゃ」

「なりませぬ」

断固として阻止する稲葉に、家綱はおもしろくなさそうな顔をした。

腕組みをして考えていた阿部が、手を膝に置いて口を開いた。

「では、本理院様の御殿はいかがか。吹上《ふきあげ》は堀と石垣に守られ、半蔵門《はんぞうもん》の守りも鉄壁でござる」

家綱がうなずいた。

「豊後、よう言うた。本理院様は信平の姉様だ。遠慮はいらぬ。美濃、雅楽頭、それならば文句はあるまい」

「はは」

稲葉が納得したので、雅楽頭も承諾した。

「権大納言、どうじゃ」

頼宣は、妙案だと膝を打った。

「実を申しますと、娘と孫を和歌山城へ行かせれば会えなくなると思うておりましたので、嬉しゅうござる。吹上には当家の屋敷がござったので、松も懐かしみましょう。婿殿、どうじゃ。松と福千代を、本理院様に守っていただかぬか」

「妻子に仕《つか》える女子たちの同道をお許しいただけますなら」

頭を下げる信平に、家綱がうなずく。

「余から伝えておこう。きっとお喜びになるはずじゃ。吹上は服部家《はっとりけ》の者が守っておるゆえ、案ずることはないぞ」

服部半蔵の子孫が受け持つ半蔵門は、守りが固い。

松姫と福千代を匿う先が吹上に決まり、信平は安堵した。

頼宣が居住まいを正し、改めて報告する。

「上様。本日急な登城を願いましたのは、これだけではござらぬ」

「申せ」

「布田藩に、不穏な動きがござる」

「布田藩……」

家綱は表情を厳しくした。

「謀反か」

「まだ分かりませぬが、鉄山を切り崩し、大量の鉄を作っている様子。同時に、我が領地からは、かつて鉄砲鍛冶だった者が大勢姿を消しております」

「まさか、鉄砲を作っておると申すか」

「そう疑い調べましたところ、布田領の山で働かぬかと誘われた者がおりましたので、手の者を遣わし探索させておりましたが、消息を絶ちました」

これには稲葉が驚いた。

「御公儀になんの相談もなく、他藩に密偵を送られたのですか」

「倒幕をたくらむ者がおるゆえ、ことは一刻を争うと思うたのだ」

悪びれることのない頼宣に、稲葉は不機嫌な顔をした。

「忍び込ませた者が消息を絶ったのであれば、布田藩に気づかれたということでございましょう。公儀の隠密《おんみつ》だと思われれば、謀反の証を消されますぞ」

「わしが送らねば、未《いま》だ御公儀の知ることとならなかったであろう。勝手は詫《わ》びるが、謀反の兆《きざ》しを知らせて小言《こごと》を言われるは心外じゃ。つべこべ言う前に、ただちに手の者を遣わして布田藩を探らせよ」

稲葉が挑みかかるような顔をしたので、阿部が口を挟んだ。

「紀州様の申されるとおりだ。ここは揉めている場合ではない。神宮路の一味が静かなのも気になる。布田藩と神宮路が繋がっているなら、こうしているあいだにも鉄砲が作り続けられているやもしれぬ。ただちに密偵を送り、調べるべきと思うが」

「そ、それは、分かっておる」

矛《ほこ》を引いた稲葉が、家綱に顔を向けた。

「上様、布田藩のことは我らにおまかせくだされ。謀反のたくらみがあるなら、必ず阻止いたします」

「うむ。頼むぞ」

「はは」

「権大納言、それで良いか」

「むろんにござる。ただし、消息を絶った我が家臣は、藩でも指折りの優れ者でございました。おそらく神宮路が関わっておろうゆえ、決して油断されませぬように」

家綱は厳しい顔で応じる。

「美濃、遣わす者にさよう伝えよ」

「はは」

稲葉は頭を下げ、公儀隠密を動かすために黒書院を去った。

家綱が信平に顔を向ける。

「信平、そなたは引き続き、江戸の安寧《あんねい》を守ってくれ」

「かしこまりました」

「権大納言、信平の力になってくれよ」

「はは」

頼宣は、家綱と笑みを交わした。

頼宣と控えの間に戻った信平は、改めて頭を下げた。

「ご心配をおかけし、申しわけございませぬ」

「よさぬか。わしが娘と孫を案ずるのは当然のことじゃ。これよりわしと共に藩邸に戻り、本理院様の御殿へ行くまでは、松と福千代のそばにいて守ってやれ。よいな」

「では、そうさせていただきます」

江戸城を下った信平は、頼宣の大名行列に従って紀州の藩邸に帰った。

藩邸の奥御殿に行き、決まったことを松姫に伝えたのは、夕暮れ時のことだ。

黙って聞いていた松姫は、隣に座る福千代が竹トンボを渡したのを受け取り、微笑《ほほえ》んだ。

「行ってくれるか、松」

松姫は微笑む。

「和歌山の城は遠うございますので寂しく思うておりましたが、本理院様の元へならば、喜んで」

「本理院様の御屋敷に曲者は入れぬ。命を狙う者を倒すまで、辛抱《しんぼう》してくれ」

「辛抱とは思いませぬ。本理院様はお優しくて楽しいお方でございますので、お目にかかるのが楽しみでございます」

「そう言うてくれると、ありがたい」

「お庭にされた今の吹上は、春には美しい花が咲き乱れると聞いています。わたくしと福千代は大丈夫ですから、どうか、無理をなさらないでください」

信平はうなずき、福千代を抱いて縁側に出た。

そばに来た松姫から竹トンボを受け取り、飛ばして見せる。

指差して喜ぶ福千代が落ちた竹トンボを拾いに行き、また飛ばせとせがむ。

信平は、福千代が飽きるまで遊んでやった。


松姫と福千代が本理院の屋敷に入ったのは、二日後のことだ。

竹島糸と佐吉の妻国代も付き従い、おつうやおたせたち下女も、本理院の許しを得て松姫の世話をしに入った。

「本理院様、ご無沙汰をしておりました。このたびは、皆で世話になります」

信平と松姫を筆頭に、主従が揃って頭を下げると、本理院は優しい笑みで迎えた。

「賑《にぎ》やかになって、嬉しい限りです。福千代、大きくなりましたね。松殿、ここを我が家と思うて、気兼ねなくお過ごしなさい」

「おそれいりまする」

「しばらく見ぬうちに、すっかり母の顔つきになり、良い表情をしています。信平は、惚《ほ》れなおしていることでしょう」

皆の前で言われて、信平ははにかんだ。

松姫は、信平を見てくすりと笑う。

「信平、今日はゆるりとして行けるのですか」

本理院に夕餉《ゆうげ》を誘われたのだが、信平は頭を下げた。

「御役目がございますので、そろそろおいとまをしなければなりませぬ」

「そうですか。上様から話はうかがっております。世の泰平を乱そうとする者に負けてはなりませぬ。こころして、お励みなさい」

「はは」

信平は、部屋を出て玄関へ向かった。

本理院のために新築された御殿は、信平の屋敷より広く、女中の数も多い。

敷地の内外には警固の侍がおり、赤坂《あかさか》の屋敷や紀州の藩邸よりも、守りが厳重だ。

見送りに出た本理院が声をかける。

「ここにいる者たちは皆、長く仕えてくれている者ばかりですから、何も心配なく」

「はい」

本理院に頭を下げた信平は、小姓から狐丸《きつねまる》を受け取り、松姫に手を引かれている福千代の頭をなでてやった。

「良い子でな」

福千代は抱いてくれと手を伸ばしたが、松姫があやして、信平に言う。

「お気をつけて」

案じる面持ちをしている松姫に、信平はうなずいた。

こうして、愛《いと》しい妻子を本理院に預けた信平は、これから起こる壮絶な戦いを知る由もなく、吹上をあとにした。

六

江戸市中は何ごともなく、一月《ひとつき》が過ぎようとしていた。

信平が家綱から呼び出しを受けたのは、寒さも和らぎ、梅の香りが赤坂の屋敷を包みはじめた日のことだ。

本丸御殿の黒書院には、稲葉、酒井、阿部の三老中が顔を揃えていた。

案内された信平が顔を出すと、阿部が険しい顔を向けてうなずく。

信平は頭を下げ、共に来ている善衛門と下座に正座した。

布田藩に潜入させた公儀の隠密から、なんらかの知らせがあったに違いない。

赤坂の屋敷を出る時、与力の永井三十郎がそう予測していた。

その永井は供をせず、佐吉たちと市中の見廻りをしている。

座って間もなく、将軍家綱が現れ、上段の間に座した。

「信平、善衛門、ようまいった」

「はは」

頭を下げる信平の横で、善衛門が顔を上げて訊いた。

「本日のお呼び出しは、布田藩のことにございますか」

家綱がうなずく。

稲葉と酒井が難しい顔を向けたが、何も言わず、ふたたび顔を正面に向け、対面して座る阿部に促す顔つきをする。

阿部が嘆息を吐き、善衛門に顔を向けた。

「布田藩のことを紀州様に教えられた日から間を空けずに密偵を走らせたのだが、一月が過ぎようというのにまったく知らせが来ぬのだ」

「備後は遠いですからな」

善衛門の言葉に、稲葉が不機嫌な顔を向けた。

「早馬ならば五日とかからぬ。信平殿、紀州様が送られた密偵からは、その後知らせがあったのか」

「いまだ、行方知れずとうかがっております」

「そう、か」

稲葉が、考える顔をした。

代わって酒井が口を開く。

「やはり、布田藩は神宮路と繫がっておりますぞ。我らが遣わした密偵は五名。一人も知らせをよこさぬは、抹殺《まっさつ》されたに相違ござらぬ」

「布田藩の謀反を決めつけるのはまだ早い」

阿部が口を出したので、酒井が不機嫌な顔をした。

「されど豊後守殿、遣わした密偵は選《え》りすぐりの者ですぞ。それが揃って消息を絶つのは、まともではございますまい。これこそが、布田の者がよほど御公儀の目を警戒している証かと存ずる」

「密偵は、見つかって殺されても文句は言えぬ。薩摩《さつま》が密偵を寄せ付けぬのと同じように、布田藩も、よそ者を見つけ次第知らせるよう、領民に厳しい沙汰を下していると思われる」

阿部の言うことは正しかった。

布田藩は備後の山中にある小さな城下町だ。大きな街道もなく、旅人はほとんど通らない。旅人や行商人が入れば、領民はすぐに気付くだろう。その一人一人を検《あらた》められては、いかに密偵といえども、動きを封じられる。まして、神宮路の配下である弓の紗那とその一味が目を光らせていては、密偵に逃げ場はない。

信平を含め、黒書院にいる者たちは知らなかったが、布田藩に潜入した五名の密偵たちは、この時すでに、紗那の手にかかっていた。

逃げようとする密偵たちを追い詰めた紗那は、微笑を浮かべて弓を引き、一人残らず仕留めていたのだ。

稲葉が家綱に膝を転じ、進言する。

「布田藩主は幼君でございますので、江戸家老を呼び、厳しく問い質《ただ》しましょう」

「謀反をたくらんでいるなら、正直には話すまい」

「さりとて、確たる証がない今、御公儀の者が大名の領地へ堂々と検めに入ることはできませぬ。密偵もあてにならぬなら、家老を呼びつけるしかございませぬ。厳しく問い質すことで、御公儀が疑いの目を向けているのを分からせるだけで、神宮路に与するのを止められるやもしれませぬ」

家綱は考える顔で黙っていた。

阿部が口を開く。

「それは賭《か》けをするようなものだ。上策とは思えぬ」

「ならば豊後守殿は、妙案がござるのか」

睨む稲葉に、阿部は告げる。

「堂々と布田藩の領地に入る手が、ひとつだけござる」

「ほほう、教えていただこう」

「布田藩領の近くに領地を持つ者を国許《くにもと》へ帰らせ、適当な理由を付けて立ち寄らせるのです。行列に公儀の密偵を同道させておき、宿所から抜け出させて探らせるというのは、いかがでござろう」

「妙案だ」

酒井が真っ先に賛同した。

稲葉が難色を示す。

「しかし、布田の領内を通る者は限られている。大名が密偵まがいのことを承諾するだろうか」

「大名ではなく、旗本がよろしいかと」

「豊後、めぼしい者がいるのか」

家綱が訊いたので、阿部は膝を転じて答えた。

「一人だけ、おりまする」

「誰じゃ」

「玉野伊次《たまのこれつぐ》殿にございます」

家綱は、いささか驚いた顔をした。

家綱の顔色を見た稲葉が、阿部に厳しい態度を取る。

「玉野伊次殿のことを知っていて申されておるのか」

阿部は、神妙な顔を向ける。

「むろんでござる」

「玉野殿は、誰もが知る昼行灯《ひるあんどん》。おまけに、手の薄皮を切っただけで卒倒するほどの臆病者ですぞ。先月の城揃えの日に見せた醜態をご存じでござろう」

そのことは信平も知っている。

玉野は、本丸に登るべく歩んでいた時に、石段につまずいて転びそうになり、石垣で手の甲に擦り傷を負ったのだが、にじみ出た血を見て、白目をむいてしまったのだ。

折悪《あ》しく、周囲には大勢の大名旗本がいたので、大騒ぎになった。

酒井が一笑《いっしょう》に付した。

「あれはよくない。武士の風上《かざかみ》にもおけぬ恥さらしだ」

阿部が含んだ笑みを浮かべる。

「そこが、良いのでござるよ。玉野殿の臆病ぶりは、布田藩の耳に届いているはず。一宿を頼んでも、疑いはせぬかと」

「なるほど。良い考えじゃ」

家綱が賛同したので、酒井は反論しなかった。

稲葉が言う。

「玉野殿の行列に密偵を忍ばせるにしても、あの臆病者に務まりましょうか」

「いつもおどおどしている様子なので、疑われはすまい」

「問題は、誰に探らせるかだ。優秀な五名を失ったのは、惜しまれますな」

稲葉は、顔をしかめた。

信平が両手をつく。

「殿」

察した善衛門が止めたが、信平は願い出た。

「わたしにお命じください」

酒井がじろりと目を向け、阿部が膝を転じる。

「江戸の守りはいかがする」

「神宮路の目は、今は江戸に向いておらぬ気がいたします」

阿部が考える顔をした。

「確かに静かだ。静かすぎるほどにな」

稲葉が信平に顔を向けた。

「その身なりで行くつもりなら、やめたほうが良いと思うが」

「むろん、玉野殿の家来になりすまします」

「ほう、狩衣《かりぎぬ》と烏帽子《えぼし》を取ると申すか」

うなずく信平の横で、善衛門がおどおどしている。

「殿、本気でござるか。江戸を留守にしている間にひょうたん剣士が現れたらいかがなされる。上様をお守りすることができませぬぞ」

信平は家綱に進言した。

「紀州様が憂《うれ》えておられるように、布田藩の領内で鉄砲が密造されているならば、今のうちに潰《つぶ》さなければ取り返しがつかぬことになるかと」

「余もそう思う。大量の鉄砲を用いた戦《いくさ》を仕かけられれば、大勢の者が命を落とすばかりか、乱世になりかねぬ。余のことはよい。信平、そなたの思うようにいたせ」

「はは」

稲葉が険しい顔を向け、頭を下げた。

「信平殿、よう言うてくださった。信平殿が同道すると知れば、玉野の腰抜けも安心して役目を引き受けるであろう」

信平がうなずくと、酒井が口を開いた。

「留守を狙ってひょうたん剣士が現れれば、次こそは、我らが必ず倒す。江戸城には蟻《あり》一匹入らせぬので、安心して行かれよ」

「信平」

家綱に呼ばれて顔を向ける。

「戻らぬ密偵たちはいずれも優れた者であった。布田には、それに勝る何者かがおる。決して油断せず、必ず生きて戻ってくれ。よいな」

「はは」

頭を下げる信平に、阿部が神妙な顔を向けた。

「出立の日は、玉野殿と合議のうえで決めて知らせる。それまでは、ゆるりとしておるがよい」

「かしこまりました」

信平は、善衛門と共に黒書院を出て、赤坂の屋敷に帰った。

出立の日が八日後と知らされたのは、翌日だ。

第二話　魔眼《まがん》の光

一

「爺《じい》、信平様は、どこにおられるのだ」

式台に来た若殿が、老臣に不安そうな顔で訊いた。

公儀の密命を受け、備後の領地へ行くために行列を揃えて屋敷を出ようとしている若殿は、五千石の旗本、玉野伊次だ。

二十歳の若き当主を助けるのは、用人馬淵季貴《まぶちすえたか》と三人の供侍のみで、あとは中間《ちゅうげん》や草履取りといった者が行列の体裁《ていさい》を保っている。

「まずは、お乗りくだされ」

馬淵が駕籠《かご》を促す。

「あいさつをせぬでもよいのか」

「今はよろしゅうござる。ささ、どうぞ」

「うむ」

紋付き羽織に野袴姿の伊次は、言われるまま屋敷の式台に横付けにされた駕籠に乗った。

戸に手をかけた馬淵が伊次に顔を近づけ、小声で教える。

「信平様はすでに、行列に紛《まぎ》れておられます」

「何！」

やはりあいさつをせねばと言って、慌てて駕籠から出ようとした伊次を、馬淵が押し込んだ。

「顔合わせは、船に乗ってからとなっております」

「それで良いのか」

「はい」

「さようか」

伊次がそわそわした様子で前を向いたので、馬淵は戸を閉めて立ち上がった。

「出立《しゅったつ》じゃ！」

大きく息を吸って命じたが、久々の大声に咳き込み、荷を担ぐ中間たちや供侍から失笑されている。

臆病で名が知られている伊次の行列は、なんとも締まりのない形で動きはじめた。

山王権現《さんのうごんげん》がある永田町《ながたちよう》に屋敷を賜《たまわ》る玉野家は、初代が家康《いえやす》公に仕え、数多《あまた》の戦を生き延びたことで今に続いている。しかし、初代も戦国武将でありながら臆病者だったらしく、生き残ったのは武勇に優れていたのではなく、殺されぬよう逃げ回っていたからだ。

槍《やり》はからきしだが、達筆のため家康の目に止まり、それからは本陣に控えるようになっていたので命を落とさずにすんだのである。大名にこそなっていないが、伊次の代になった今では、戦国の世から続く名門の旗本だ。

五千石に相応《ふさわ》しい番屋付きの門から、行列の露払《つゆはら》いが出てきた。次いで、槍を掲げる槍持ち、先箱《さきばこ》、近習《きんじゆう》、用人、駕籠が続き、弓、薙刀《なぎなた》、鉄砲、長櫃《ながびつ》持ち、引き馬、最後に殿《しんがり》の徒衆《かちしゆう》が出た。

総勢百二十余名の行列は、大名にくらべれば少人数だが、五千石の旗本にしては、それ相応のものだ。

永田町の道を港に向かう行列を、密かに監視する者がいた。神宮路翔の密偵である。

備後の領地へ向かう玉野伊次は、公儀から指図されるまま布田藩に一宿を願った。先代までは領地に参勤交代《さんきんこうたい》をしていたので、その都度《つど》布田藩領の宿場に泊まっていたのだが、伊次の代になってからは、病弱を理由に参勤交代を免除されていたため、五年ぶりとなる。

これを受けた布田藩江戸家老の柏木《かしわぎ》は、ただちに神宮路へ文を送り、指示をあおいだ。

鉄山で財が潤っている布田藩は、公儀隠密とおぼしき輩を弓の紗那たちが排除していることで、今や、神宮路の指示なくしては動けないほどになっている。

柏木から知らせを受けた神宮路は、伊次の臆病ぶりも知り、文を返した。

たかが旗本の願いを拒めば、いらぬ疑いをかけられる。ここは一泊させ、抜かりなくやり過ごすように。

行列に信平たちが紛れていようとは夢にも思わぬ神宮路は、このように命じ、念のため、江戸に残している配下に行列を見張らせたのだ。

他の旗本と変わらぬ行列と判断した密偵は、伊次一行が船に乗るのを見届けて立ち去った。

程なく神宮路に送られた密書には、怪しい者の姿はなく、他の旗本の行列と変わった様子はないと記されている。

信平たちは、ここにいたるまで用意周到な行動をとっていた。

赤坂の屋敷に見張りが付いていれば、策が筒抜けになる。それゆえ、行列を揃えて屋敷を出立し、松姫と福千代を預けている本理院の屋敷に一旦入り、身なりを変えて大手門から出ていたのだ。

信平は、毒で脅されたことを逆手《さかて》に取り、妻子を守って吹上に籠もったと思わせたのである。

荷舟で港の沖に向かった伊次は、廻船問屋《かいせんどんや》から借り受けた大船に乗り移り、行列の供をする者たちが乗り込む姿に目を配っている。

歩み寄った馬淵が、歳《とし》のせいで船に乗るのに苦労したと言って笑ったのだが、伊次は落ち着かない様子だ。

「爺、もうよいであろう。信平様に一言あいさつをさせてくれ」

馬淵がとぼけ顔をする。

「それは、今しばらくお待ちを」

「なぜじゃ。船に乗ってからと申したではないか」

馬淵があたりを見回して、声を潜《ひそ》めた。

「実は先ほど、信平様のご家来から忠告をされました」

伊次は途端に不安そうな顔となり、声を潜める。

「何があった」

「行列を見張る者がいたそうにござる。周りに船が多うございますし、道中もどこに耳目があるとも分かりませぬので、顔合わせは、布田の宿所に無事到着してからということになりました」

「それはまずいのではないか。信平様が行列におられることを知らぬ家臣が無礼を働いてしまうかもしれぬぞ」

「そう申したのですが、気にせずともよろしいとのことです」

伊次はさらに不安そうな顔をした。

「よもや、中間どもの中に悪人の手下が紛れてはいまいな」

「殿、ここにおるのは代々仕えている者ばかりでござる。渡り中間は一人もおりませぬぞ」

「そ、そうか」

「日頃から下の者たちと顔を合わせておくよう申しているのは、こういう時のためにござる。先代は、下男下女にいたるまで、屋敷におる者たちの顔と名をすべて覚えておられました。殿、まだ話は終わっておりませんぞ、読み物を開くのはおやめください」

懐《ふところ》に抱いていた書物を出して開こうとしていた伊次が、苦笑いをした。

「聞かずとも言いたいことは分かっている。今ので百を超えたぞ。先を言うてやろうか」

「何度申し上げても知らぬ顔をされるからです」

開いた書物をぱたりと閉じた伊次が、ため息をつく。

「父上が中間や下々の者と話をされるのは、江戸市中の様子を聞き出すためだ。庶民の暮らしに興味を持たれていたからこそのこと。そうだろう」

「まあ、それはそうでござるが、せめて徒衆の顔を覚えておられたなら、信平様がどこにおわすか問わずとも分かったのでござるぞ」

伊次がはっとした。

「信平様は、徒衆の中におられるのか」

「たとえばの話にござる」

徒衆に目を向けていた伊次が、がっかりした。

「わたしは、父上のように市中に興味はない。そもそも、人の顔と名を覚えるのが大の苦手なのだ。側衆《そばしゅう》の名前すら思い出せぬ時があるのを知っておろう。頭がどうにかなっているのだ」

「それは殿が人に興味を持っておらぬからです。物語に出てくる人の名は、すべて覚えておられるではないですか」

手にしている書物をじろりと見られて、伊次は抱きかかえて隠した。

「中間や下々の者たちと話をする暇があったら、読み物を楽しみたい。皆の顔と名を知らなくとも、必要なら爺が教えてくれればよいであろう」

言い置いて船の中に入る伊次に、馬淵は声をかけようとしてやめた。

「やれやれ、困ったお方だ」

ため息まじりでぼやくと、馬淵はきびすを返して、荷箱のそばに座っている者に軽く頭を下げた。

編笠《あみがさ》を着け、弓組に扮《ふん》しているのは、信平の一行だ。

むろん、周囲の者には正体を知られておらず、馬淵用人は、

「この者たちは、人数を合わせるために親戚筋から借り受けた者たちゆえ、仲ように頼む」

嘘《うそ》方便を並べ、行列に加えていたのだ。

信平たちを乗せた船が帆を上げて海面を滑りはじめたのは、半刻《はんとき》（約一時間）が過ぎた頃だった。

青空が広がった穏やかな海を進む船は、江戸から離れた。二日後には風待ちで足止めをされたが、その後は難なく旅を続け、福山藩《ふくやまはん》が有する鞆《とも》の浦《うら》に到着し、船で一泊して朝を待った。

二

この日は厚い雲が広がっていた。

早朝に船を降りた伊次の一行は、行列を整えて鞆の浦を出発した。

石見《いわみ》銀山《ぎんざん》でとれた銀を運ぶために整備された銀山街道を布田に向かって進み、途中の宿場町で一泊した一行は、何ごともなく朝を迎え、宿を発《た》った。

今日は布田の城下へ入るので、伊次は緊張のあまり昨夜から一睡もできず、青い顔をして駕籠に乗っている。

昨夜の強い雨はやんで明るい曇り空となっているが、川沿いの道はぬかるんでいるので、足を踏み外せば川へ落ちてしまう。

行列を仕切る道中方の家来が、危ない場所を見つけて立ち止まり、皆に告げた。

「川の水が増えてござる。各々方《おのおのがた》、足下に気をつけられよ。ここは特に滑りますぞ」

道には雪が残っていて、雨でも簡単に解けぬほど固まっているようだ。うっかり踏めば、谷へ滑り落ちる。

「馬引き、もっと山側を歩け」

皆が声をかけ合いながら、最初の難所ともいえる川沿いの狭い道を抜けようとしている。

「爺、銀山街道のことを知っておるか」

声が聞こえにくいので、馬淵がごめんと声をかけて戸を開けた。

伊次は駕籠の中でうずくまって、外を見ぬようにしている。

「殿、なんとおっしゃいましたかな」

「銀山街道の噂《うわさ》だよ。足を滑らせた人足が川に銀を落としたのを咎《とが》められ、首を刎《は》ねられたのを知っているか」

「聞いたことはございますぞ。大昔の話でござろう」

「その者が世を恨み、鬼となったというではないか」

「殿……」

馬淵は、書物を鵜呑《うの》みにしている伊次に、頭を抱えんばかりの情けない顔をした。

「この世に鬼などおりませぬ。いいかげんになされ」

書物を取り上げようと手を差し伸べたが、伊次は拒《こば》み、下腹を押さえた。

「用を足《た》しとうなった」

「もうすぐ難所を抜けますので我慢をしなされ」

馬淵は戸を閉め、長旅で痛む腰をさすりながら歩んだ。

程なく道中方が難所を越えたことを告げたので、伊次は戸を開け、用を足したいと訴えた。

陸尺《ろくしゃく》たちが駕籠を下ろすと、真っ青な顔をした伊次が這い出て、馬淵に連れられて木陰に走った。

しばしの休息とばかりに、行列の者たちも用を足すなりして、危ない道を越えた喜びと安堵に浸った。

戻った伊次はすっかり顔色も良くなっていて、駕籠に乗ると、小姓に預けていた書物を受け取り、大好きな読書をはじめた。

信平は、江戸を発ってからというもの、伊次にそれとなく目を向けている。伊次は、家臣たちとろくに話をすることなく、道中のほとんどを読書に費やしているのだが、好んで読むのは、「平安の妖《あやかし》」「陰陽師《おんみようじ》と魔物」などといった、平安時代の魔物の話ばかりだ。

臆病なくせに、恐ろしげな物語を夢中で読み漁《あさ》る姿に、善衛門は呆《あき》れている。

小姓が渡した書物の表紙を見て、佐吉が信平に振り向き、声を潜めた。

「怖いもの見たさのおなごのようですな」

笑う佐吉の横で朱槍を持っている男が、信平に笑顔を向けた。髭《ひげ》をたくわえた勇ましい顔の男は、下之郷村《しものごうむら》の豪傑、宮本厳治《みやもとがんじ》だ。ひょうたん剣士の騒動の時はイナゴの大群のせいで江戸に来られなかったが、佐吉の願いもあり、このたびの旅には同道させている。

坂東武者《ばんどうむしや》だった祖父から受け継いだ介宗《すけむね》の朱槍を掲げ、信平の先導をしているのだ。

鈴蔵と永井三十郎が信平の後ろに続き、北町奉行から許しを得た五味正三《しようぞう》までもが、信平の力になるべく付き従っていた。

行列はやがて、薄暗い杉林の道に入った。

暑いと言って駕籠の戸を開けていた伊次は、読んでいた魔物の話と外の様子が重なったのか、書物を閉じて、不安そうな顔を馬淵に向けた。

「爺、なんだか、鬼が出そうなところじゃな」

「殿、先ほど申し上げたばかりですぞ。書物の読みすぎでござる。鬼など、この世におりませぬ」

「そうだろうか。鬼は山に潜むと書いてあるぞ」

馬淵は、がっくり首を垂れた。

信平様に笑われますぞ、と、言おうとした時、行列の前がにわかに騒がしくなった。

「危のうござる！」

露払いが大声をあげ、近習たちが逃げ惑った。

「何ごとじゃ！」

伊次が声をあげて前を向いた、その刹那、近習たちを突き飛ばした大きな猪《いのしし》が、目の前に突進してきた。

猪を初めて見た伊次は、

「鬼じゃ」

叫び、白目をむいて気絶した。

猪は、駕籠から半身を出して倒れた伊次の頭上を走り抜け、山へと逃げていった。

「殿、しっかりなされ！」

呆れて半分笑いながら言う馬淵の様子に、行列から失笑の声があがった。

佐吉と宮本厳治は、声を殺して肩を震わせている。

信平のそばにいた千下頼母が、真顔を向ける。

「危ないところでした。頭を突かれていれば、命を取られていたでしょう」

「ふむ」

頼母の声は馬淵にも届き、神妙な顔を向けて軽く頭を下げた。

佐吉と厳治は、顔を見合わせて黙っている。

善衛門が信平に近づき、小声でぼやいた。

「噂に勝る臆病ぶりですな。布田藩に領地が近いとはいえ、この役目は荷が重いのではないでしょうか」

「我らがお守りすればよい。佐吉、厳治、この先ふたたび獣が出るやもしれぬ。おそばを離れぬように」

佐吉と厳治は軽く頭を下げ、駕籠に近いところを陣取った。

伊次が目をさますのを待たず、行列は先を急いだ。

しばらくして瞼《まぶた》を上げた伊次は、馬淵から猪だと教えられて恥ずかしいと思ったのか、戸を閉め、それからは用を足したいとも言わなくなった。

一行は深い山道を幾度か抜けて、陽が西にかたむきはじめた頃になって、ようやく布田藩の領地に入った。

城下を目指して田圃のほとりの道を進んでいると、名も知らぬ村の入り口で、布田藩士の出迎えを受けた。

陣笠《じんがさ》と羽織袴姿の中年の侍が、配下の者数名を引き連れて駕籠の前に歩みを進め、片膝をつく。

「それがし、布田藩郡奉行《こおりぶぎょう》の阿久津《あくつ》と申します。国家老大木《おおき》兼定《かねさだ》の命によりお迎えにまいりました」

馬淵が名乗り、駕籠を開けた。

阿久津と配下の者が頭を下げるのを見て、伊次が笑顔でうなずく。

「世話になります」

「はは。これより宿所にご案内つかまつります」

「よしなに」

伊次は戸を閉め、胸を押さえて不安そうな顔をした。

阿久津の案内で動きだした行列が向かったのは、城下の町ではなく、玉野家の領地からも遠ざかった場所にある村だった。

馬淵が、かつて世話になっていた宿ではないのかと問うと、阿久津は人の好《よ》さそうな笑顔で言う。

「宿は屋根をなおしている最中でございますので、今宵《こよい》はこの村の宿所で願います。ご安心くだされ、かつては本陣に使われていた名主の屋敷です。田舎《いなか》ゆえ、部屋の広さにかけては、町中の屋敷よりは広うございます」

「さようでござるか」

馬淵が承知したので、阿久津は安堵し、行列を名主の屋敷に案内した。

阿久津の言うとおり、名主の屋敷は立派なものだった。

玉野の家中を分散させて泊めることなく、敷地内で共に過ごすことができる広さと建物を備えていた。

伊次が母屋《おもや》の表側の客間に案内され、徒衆に扮している信平たちは、裏手の八畳間をひとつ与えられ、そこに雑魚寝《ざこね》をすることになった。

「殿、ご辛抱を」

善衛門が気をつかうので、信平は笑みでかぶりを振る。

「疑われることなく領地へ入れた。ここからが、正念場《しょうねんば》ぞ」

「はは」

頼母が部屋に入ってきて、信平の前で片膝をつく。

「玉野殿がお目通りを願われています」

「ふむ」

石高は玉野家が上だが、信平は将軍家の縁者だ。頼母に案内されて来た伊次は、弓持ちの地味な身なりの信平を見て驚いたような顔をした。

「駕籠のすぐ後ろにおられましたか」

伊次が覚えていたので、馬淵が目を見張った。

「珍しいこともあるものですな」

「前に読んだ平安の恋物語に出てくる高貴な主人公にぴったりな面立ちゆえ、そうではないかと思うていたのだ」

「また物語ですか」

呆れる馬淵の声など耳に入っていない様子の伊次は、信平の前に行って正座し、改めて頭を下げた。

頼母が障子を閉め、佐吉と厳治が外を警戒している。

「伊次殿、面を上げられよ」

「はは」

「おかげで布田の領地へ入ることができた。今夜からのことは、聞いておられるか」

「はい、聞いております」

「少々不便をかけるが、よろしく頼みます」

「なんとか、やってみます」

伊次は自信なさそうな顔で頭を下げた。

「麿に頭を下げるのは、これ限りにしていただきたい。あくまでも、家来衆と同じに接していただくように」

「承知いたしました。これから国家老がまいりますので、これにてごめんつかまつります」

伊次は部屋から出ていった。

後ろに続く馬淵を善衛門が呼び止めた。

「馬淵殿、くれぐれも、頼みましたぞ」

「おまかせくだされ」

真顔で応じた馬淵が、伊次を追って行く。

あぐらをかいた五味が、天井を見上げた。

「鈴蔵殿、上はどうかな」

すると、天井板を外して鈴蔵が顔を覗かせた。

「ねずみは潜んでおりませぬ。このまま、国家老と玉野殿の様子を探ってまいります」

「ふむ」

信平は皆を行かせた。

鈴蔵は天井裏を、永井三十郎と配下の菊丸《きくまる》は、徒に扮して屋敷の様子を探りに走った。

三

国家老の大木兼定が伊次を訪ねたのは、程なくのことだ。

　目つきが鋭い藩士を二人従えた大木は、中年の脂《あぶら》ぎった顔に余裕の表情を浮かべているが、馬淵ら家来に向ける時の眼差しは厳しく、世の中の酸《す》いも甘いも知り尽くしたような貫禄《かんろく》がある。

　対する伊次は、いかにも世間知らずといった面立ちで、伊次は将軍家直参旗本、大木は陪臣《ばいしん》だというのに、立場が逆のように見える。

　堂々としている大木に圧倒され、身もこころもか細い伊次はおどおどしはじめた。

　その様子に、大木がほくそ笑む。

「玉野殿」

「は、はい」

「今日は寒いというのに汗をかかれて、いかがなされました。どこか、具合でもお悪いのですか」

「いや、そのようなことは……」

「さようか。世話役として阿久津を残しますので、なんなりとお申しつけくだされ」

「は、はあ」

　焦りの色を浮かべた伊次が馬淵に助けを求めて顔を向けると、あろうことか、馬淵は座って舟を漕《こ》ぎ、居眠りをしていた。

「これ、爺」

「そのまま、そのまま」

大木が止めた。

「江戸からの長旅でお疲れなのでござろう。長居をしては迷惑ゆえ、それがしはこれにておいとましますが、明日は所用があり、見送りができませぬ。無礼の段、平《ひら》にご容赦を」

「と、とんでもないことでございます。一宿の場をお借りしたうえにご家来まで付けられては恐縮至極。どうか、お気遣いされませぬように」

「付き人がいらぬと申されるか」

じろりと睨まれて、伊次は息を呑んだ。

「い、いや」

「何か、不都合でも」

問う大木に応じて、二人の藩士が鋭い顔を向けた。

伊次はごくりと喉を鳴らし、額から汗を流している。

「そ、そういうつもりでは……」

声をしぼり出した時、馬淵が目をさました。

「やっ。つい寝てしもうた」

驚いた顔を大木に向けて、頭を下げる。

「ご無礼つかまつった。なんの話でござったかな」

大木が鼻で笑う。

「初めから寝ておられましたぞ」

「これは、ご無礼を」

「伊次殿が、付き人がいらぬとおっしゃる。もてなしを断られた気がして、不愉快でござる」

「ああ、これはこれは、とんだご無礼を」

白髪《しらが》の頭を下げた馬淵が、神妙な顔を上げた。

「恥を忍んで申しますが、我が殿は、ご覧のとおり気が弱いところがござる。知らぬ御仁がそばにおられますと、落ち着かぬのでござるよ」

「さようか。しかしながら、我らも知らせを受けた日から時を割《さ》いて支度をしておりました。そこを汲《く》んでいただけぬのは、残念至極にござる」

「ごもっとも。では、謹《つつし》んでお受けいたす。お世話役殿に、よしなにお伝えくだされ」

「あい分かり申した」

不機嫌に応じた大木が、藩士を引き連れて部屋を出た。

見送りに出ようとした馬淵を断り、ふてぶてしい態度で帰っていく。

表門まで見送りに出た阿久津に、大木が振り向き、馬鹿にした笑みを浮かべた。

「あれは、噂に勝る臆病者じゃ。御公儀の密命など受けてはおるまい。ここに見張りを残すのは無駄じゃ。たたらに戻せ」

「かしこまりました」

「あとはまかせたぞ」

「はは」

帰る家老を見送った阿久津は、屋敷に配置していた二十名の手の者を集め、二名のみを残してたたらに向かわせた。

それから一刻後、阿久津に酒宴のもてなしを受けた伊次は、飲めない酒を無理に飲まされ、真っ赤な顔をしている。

酒に酔って上機嫌の阿久津は、そんな伊次にまたもや酒をすすめるので、馬淵が代わって相手をした。

飲みくらべとなったが、

「これはなんとも、強い酒でござるな」

地元の農家で作られた濁酒《どぶろく》は、江戸の物より口当たりが甘いが、酔いが回る。年老いた馬淵は音《ね》を上げて、阿久津より先にひっくり返った。

「もうしまいでござるか」

酒で勢いが付いた阿久津は礼儀も忘れ、伊次に酒を飲めと迫る。

泣きそうな顔をしている伊次に大杯を差し出す阿久津。

「どうされた。これぐらいの酒を飲めぬようでは、将軍家旗本の名が泣きますぞ」

「い、いや」

「ごめんつかまつる！」

大声をあげて入ったのは、佐吉と厳治だ。伊次の様子を鈴蔵から知らされた信平が、助け舟を出したのだ。

「誰じゃ」

振り向いた阿久津が、鴨居《かもい》より背が高い佐吉にぎょっとした。

佐吉が、どかっと腰を下ろした。

「拙者、弓組の者にござる。殿に代わって、この者がお相手つかまつる」

厳治がにたりと笑って見せると、阿久津がおう、と応じて大杯を差し出した。

受けた厳治が、なみなみと注がれた濁酒に舌《した》舐《な》めずりをして口を付ける。

喉を鳴らして一気に飲む姿に、阿久津が大喜びした。

「おぬし、やるではないか。ささ、もう一杯」

「かたじけない」

髭面の厳治が嬉しそうな顔で受けるのを見て、伊次は安堵し、佐吉に目顔で礼をした。

うなずいた佐吉が、

「殿、水を飲まれたほうがよろしいですな」

廊下に出て、控えていた鈴蔵から水を入れた湯呑《ゆの》みを受け取った。

「その顔では、明日の朝に酒が残りますぞ。ささ、お飲みくだされ」

佐吉に言われるまま、伊次は水を飲んだ。

程なく、厳治を相手にした阿久津が酔い潰れたので、酒宴はお開きとなった。

藩士に連れられた阿久津が自分の部屋に戻った気配を察して、馬淵がむくりと起き上がった。

「爺、酔ったふりをしたのか」

驚く伊次に、馬淵は笑みを浮かべた。

「いやはや、阿久津殿は底なしの大酒飲みゆえ、あのまま付き合えば潰れてしまうと思うたのです。おふた方、お助けいただき、かたじけない」

佐吉が真顔で言う。

「そろそろ、効いてきますぞ」

「さようでござるか。いつの間に……」

水だと気付いた馬淵が、伊次に顔を向ける。

「殿、いかがか」

「そう言われると、何やら、腹の具合が悪うなってきた」

伊次が腹を押さえて、顔をしかめた。

「痛い。痛いぞ爺」

「はじまりましたな。すぐに寝床へ」

「それがしが行きましょう」

佐吉が伊次をひょいと抱き上げて、寝所へ連れて行った。

馬淵は廊下に出て、藩の者を見つけて声をかけた。

「そこの御仁、殿の具合が悪うなった。すまぬが、医者を呼んでもらえぬか」

「えっ！」

「え、ではない。熱も出ておるので早急に頼む」

「はは。城下からお連れしますので、少々お待ちを」

慌てた藩士は、屋敷で働いている下男を呼び、城下で暮らす医者のところへ走らせた。

深夜になってようやく来た医者は、歳の頃は四十代半ばか。

総髪に白髪がまじっている痩《や》せた男で、いかにも頭が良さそうな面構えをしている。

床の中で脂汗を浮かせて呻く伊次は、病ではなく、お初が信平に託した秘薬によるものだ。

これを飲んだ者は、一晩腹痛と熱に苦しむが、薬が尿と共に外に出てしまえば、けろりと治る。お初いわく、仮病の薬、なのだ。

そうとは知る由もない医者は、苦しむ伊次の腹を指で押さえ、難しい顔で呻いている。

騒ぎを知って目をさました阿久津が、不安げな顔をした。

「康安《こうあん》先生、どうです」

「うぅむ。酒の飲みすぎによる中毒かもしれぬ」

　阿久津が焦りの色を浮かべ、馬淵に頭を下げた。

「それがしが無理にすすめたせいでござる。申しわけござらぬ」

「困りました。殿は生まれつきお身体が弱く、この歳になられるまで参勤交代を免除されておりました。体調も良くなられたので、初の領地入りを果たそうと張り切っておられたのだが」

「そうと知っておれば、酒をすすめたりはしませなんだ」

「いかにも。油断した我らにも非がござる。どうか、お手をお上げくだされ」

　馬淵の言葉に、阿久津はいささか安堵したようだった。顔を上げて、康安に助けを求めた。

「先生、なんとか明日には良くなりませぬか」

「うぅむ、なんとも。一応、薬を飲んでいただきますので、一晩様子を見るしかございませぬな」

「それで、お願いします」

　馬淵が頭を下げたので、康安は薬を置き、明日の朝来ると言って帰った。

　阿久津はすっかり悪びれて、卑屈な笑みを浮かべた。

「悪酔いしてしまい、とんだことに。馬淵殿、今夜のことは、どうか内密にしていただけぬでしょうか。御家老に知れたら、それがしは打ち首になり申す」

伊次に薬を飲ませようとしていた馬淵は、手を休めて顔を向けた。

「悪気があってしたことではござるまい。殿も怒っておられぬゆえ、ご安心めされよ」

「おお、かたじけない」

「ただ……」

「ただ？」

うかがう顔をする阿久津に、馬淵は膝を転じた。

「明日の朝良くなっておられなければ、また、一泊お願いすることになるやもしれませぬ。その時は、どうかよしなに頼みます」

「承知いたしました。具合が良くなられるまで、何日でもお世話をさせていただきます」

「それはありがたい。殿、安心して、養生《ようじょう》なされ」

「うう」

馬淵の声に、伊次は呻きながらもうなずいた。

「では、それがしはこれにて。今夜は、しっかり養生してくだされ。ごめん」

阿久津は頭を下げて、逃げるように去った。

「じ、爺、まことに、明日の朝には治るのか。腹がねじ切れそうだ」

馬淵は医者の薬を桶に捨てて、伊次を気遣った。

「ご安心なされよ。一晩の辛抱でござるよ」

伊次は目を閉じた。

そして翌朝には、お初の秘薬の効き目は消えて、伊次はすっかり良くなった。

「嘘のようじゃ」

腹もすいたと言って起きた伊次であるが、馬淵が抑え込む。

「殿、役目をお忘れですか」

「そ、そうであった」

信平を助けるための役目を思い出した伊次は、ふたたび横になり、長逗留《ながとうりゅう》するために病人になりすました。

四

阿久津の使者が、布田城の表門前にある大木家の屋敷に入った。

「何、若造が病じゃと」

書院の間で知らせを受けた大木は、長逗留になるかもしれぬと案じ、表情を曇らせた。

「よりにもよって、将軍家直参旗本が領内にとどまるとは。ええい、面倒なことになった」

同じ部屋に座っている紗那が、三宗に向いて目を見つめた。

三宗が顎を引き、大木に顔を向ける。

「紗那様が、怪しんでおられますぞ」

大木が紗那に顔を向けた。

「紗那殿、それはどういうことにござる」

紗那の代わりに三宗が答える。

「仮病を使い、長逗留するあいだに領地を探る魂胆《こんたん》かもしれぬ。と、紗那様はお思いだ」

大木が不安な顔をする。

「しかし、証《あかし》がないのに追い出すわけには」

紗那が立ち上がった。

「わたしが行って調べる。医者の元へ案内いたせ」

　大木が見上げて問う。

「何をなさるおつもりか」

「三宗」

「はは」

　紗那に命じられた三宗が膝を進め、大木に耳打ちをした。

　驚いた顔をした大木が、紗那に頭を下げた。

「承知しました。お頼み申す」

　紗那は返事もせず、案内役の小姓と共に大木家を出た。


　仮病をきめ込んでいる伊次は寝所で横になっていたのだが、一刻もしないうちに我慢できなくなり、馬淵を呼んだ。

　すぐに現れた馬淵に、手を合わせて拝む。

「暇すぎて、ほんとうに病になりそうだ。頼む、書物を読ませてくれ」

「なりませぬ。腹が痛くて動けない病人が読み物などしませぬぞ」

「枕屏風《まくらびょうぶ》で囲えば分からないだろう。な、頼む」

困り顔をした馬淵は、泣きそうな伊次に負けた。

「一冊だけですぞ」

「ありがたい。読みかけの、『魔殿の園』というのを持って来てくれ」

馬淵があからさまに嘆息を吐いた。

「殿、平安の恋物語ではなく、『戦国武勇伝』とか、『将軍家と旗本』など、ためになるものを読みなされ」

「爺、『魔殿の園』が恋物語だとなぜ知っている」

馬淵が慌てた。

「殿がお読みになるのがそういうものばかりゆえ申し上げたのです」

「ふぅん」

伊次が疑う眼差しを向ける。

「読んでなどおりませぬぞ」

「まあいい。とにかく、急いでくれ。暇で死にそうだ」

「はは。少々お待ちを」

そそくさと書物を取りに行ったと思ったら、走って戻った。

寝所に入った馬淵が、すぐ横になれと言う。

「医者が来ました。早く」

「うむ」

横になった伊次は、廊下に康安の姿を見て、目を閉じて苦しそうな顔を作った。

畳を踏む音が近づき、そばに座る気配がした。

「いかがですかな」

伊次の代わりに、馬淵が答える。

「今朝も何度か嘔吐《おうと》され、今は腹痛に苦しんでおられます」

「さようか。では、診させていただきます」

康安が瞼を触って目を開けさせた。難しい顔で様子をうかがい、伊次の脈を取る。

「うぅむ。脈が速いですな。これはよろしくない」

「えっ」

驚いたのは馬淵だ。ほんとうに病なのかと不安そうな顔をして、伊次の顔を覗き込んだ。

「殿、しっかりしてくだされ。先生、殿はどこが悪いのですか」

寝間着の前を開いて腹を触っている康安が、首をかしげる。

「はっきり分かりませぬな。これは、厄介な病かもしれませぬぞ」

もう一度脈を取り、額に手を当てた。

「顔が赤くなってござるが、熱はなさそうじゃ。ううむ」

しばし考えた康安が、横に座っている紗那に顔を向けた。

「薬箱を」

「はい」

康安を手伝う下女に成りすまして伊次の様子を見ていた紗那が、薬箱を開けて差し出す。

考える顔で手を伸ばした康安が、熱さましと腹痛に効く薬を選び、紗那に渡した。

「これを、飲ませてあげなさい」

無表情で応じた紗那が、枕元に置かれた水差しを取って器に水を注ぎ、伊次に手を貸して起こさせた。

薬の包みを開いて差し出された伊次が、紗那をちらりと見て受け取ったが、手が震えているのでこぼれそうになった。

紗那が手をつかみ、伊次から薬を取った。

「お口をお開けくだされ」

「す、すまぬ」

伊次が口を開けると、紗那は粉薬を流し入れて水を飲ませ、横にさせてくれた。

康安が言う。

「二日分ほど置いておきますので、様子を見てくだされ。痛みが今より酷《ひど》くなるようでしたらお知らせを。いつでもまいりますので」

馬淵が頭を下げた。

「かたじけない」

「では」

帰る医者を、馬淵が見送って出た。

庭で、善衛門たちと弓の手入れをしていた信平は、廊下を歩む康安の姿を見ていたのだが、後ろに従っていた乙女が不意に目を向けたので、編笠を下げて顔を隠し、弓の手入れに戻った。

乙女が弓の紗那だとは知らぬ信平は、弦《つる》を張るふりをして、編笠の端に乙女の姿を追う。すると、弓の手入れをする様子を興味深そうに見ていた乙女は、顔を康安に向けて帰っていった。

鈴蔵が信平の背後に現れ、小声で言う。

「あのおなご、ただ者ではないかと」

信平も鈴蔵と同じく、乙女に異様な気配を感じていたが、それが何なのかは、この時は分からなかった。

見送りを終えた馬淵が、庭にいる信平に軽く頭を下げて寝所に入った。

「や！　殿！　いかがなされた！」

馬淵の大声に、信平は咄嗟に駆けつけた。

すると、伊次は床に座り、呆《ほう》けたような顔で天井を見上げているではないか。

「何があったのです」

馬淵が焦りの顔で信平に振り向く。

「やられました。飲まされた薬のせいかもしれませぬ」

あとに続いた鈴蔵が馬淵に言う。

「薬は飲ませるなと言うたではありませぬか」

「医者が飲ませるのを拒めば、疑われると思うたのが甘かった。毒消しを」

応じた鈴蔵が毒消しを飲ませようとしたが、伊次の様子を見てやめた。

馬淵が膝を進める。

「鈴蔵殿、早う飲ませてくだされ」

「ふむ」

「毒消しは必要ないかと」

鈴蔵が、伊次の目の前で手を打ち鳴らした。

驚いた伊次が、はっと我に返り、部屋に信平がいたので慌てた。

「信平様」

「鈴蔵、どういうことじゃ」

信平のそばに下がった鈴蔵が、小声で言う。

「どうやら、医者と共にいたおなごにやられたようです」

すると馬淵が言う。

「さよう。薬を飲ませたのはおなごでござった」

「なるほど」

鈴蔵がにやついたので、馬淵が大口を開けた。

「まさか、殿！」

ちらりと馬淵を見た伊次が、赤い顔をした。

「そう怒るな」

様子を見て、信平は安堵した。

「恋の病か」

「そういうことです」

鈴蔵が笑顔でうなずくので、信平は寝所から去った。

「お騒がせしました」

詫びた馬淵が、うな垂れている伊次に怒りの顔を向ける。

「そう怒るな。惚れたものは仕方がないではないか」

「まったく、恋物語ばかりお読みになるから、おなごに惚れやすくなるのです。先月も江戸の町中で見かけたおなごに惚れたではござらぬか」

「あれは、美しいと言うただけではないか。先ほどのおなごとは違う。それに、恋物語に偏ってはおらぬぞ。妖の話も読んでおる」

「聞き捨てなりませぬな。先ほどのおなごは違うとは、どういうことです」

「言葉のとおりだ。一目惚れというのは、今の気持ちを指すのだろうな」

「間違っても、口説《くど》いてはなりませぬぞ。仮病がバレてしまいます」

「分かっておる。がみがみ言うな」

伊次はふてくされて、布団を被《かぶ》ってしまった。

「そうそう、そうしておりなされ」

馬淵は布団をなおして、障子を閉めた。

庭にいた佐吉が、五味に言う。

「あのご老人、どこか善衛門殿と似ておりますな」

五味がおかめ顔を明るくした。

「それがしも今言おうとしていたところだ」

佐吉と五味が目を向ける先には、信平のそばで弓の手入れをしながら、江戸にいる福千代の心配をしている善衛門の姿がある。

福千代のこととなると口を休めることのない善衛門に、信平は黙って聞くばかりだった。

その日のうちに、信平は鉄砲密造の探索に動いた。

戻ってきた阿久津に、馬淵の口から伝えさせたのは、玉野の病気を知らせに使いの者を領地へ走らせることだ。

阿久津に伝えたのは、むろん警戒をさせぬためであり、領地へ行くと思わせておいて、使いの者に探索をさせるためだ。

承諾する阿久津が見ている前で出立したのは、旅装束に身を包んだ鈴蔵と、永井三十郎の配下の菊丸だ。二人は城下町に入り、そのまま玉野の領地へ通じる道へ向かったのだが、跡をつける者がいないのを確かめると、山に分け入り、たたら山を目指した。地図は持っていないが、川村弥一郎が紀州頼宣に送った第一報により、たたら場がどこにあるかは頭にたたき込んである。

「ここからが、正念場だ。死ぬなよ菊丸」

「鈴蔵様こそ」

鈴蔵と菊丸は互いの顔を見て、二手に分かれて山の中に消えた。

五

紗那がふたたび伊次の寝所を訪れたのは、翌日のことだった。

応対した馬淵に康安の使いだと紗那が言うと、馬淵は、あからさまにいぶかしそうな顔をする。

「薬は明日まであるぞ」

「先生は、薬が効いているか診てまいれと仰せになられたのです」

「それはまた、何ゆえか」

「もしも効き目がみられない時は、別の薬をお出しするように仰せつかっています」

「なるほど、さようか。では、上がられよ」

先に廊下を歩む馬淵の後ろで、紗那は眼光を鋭くした。

阿久津から、玉野の家来が領地に走ったと知らされた紗那は、念のために、領境を密かに見張らせている配下に確かめたところ、それらしき者は通っていないと言われた。

紗那は康安の使いに化けて伊次に近づき、脅して正体を白状させるつもりなのだ。

前を歩む馬淵が立ち止まって振り向いたので、紗那は乙女らしい笑みを浮かべた。

その可愛《かわい》らしさに、馬淵は心配顔をする。

「殿に何か言われても、相手にせぬようにな」

なんのことか見当もつかない紗那は、返答に窮した。

ふたたび歩みを進める馬淵に、紗那は黙って付いて行く。

寝所に入ると、慌てて横になる伊次の姿が見えた。

――こ奴、やはり怪しい。

自分の胸に響く声に、紗那は眼光を鋭くした。

それは一瞬のことで、すぐに乙女の顔つきに戻った紗那は、伊次の足下に正座して一礼した。

「脈を取らせていただきます」

ことわりを入れて膝を進め、伊次の手を取った。

脈が異常なほどに速い。

やはり病か、と、紗那が不審な顔をしていると、いきなり手をつかまれた。

「何をなさいます」

逃れようとしたが、逆に引き寄せられ、きつく抱かれた。

――こ奴、殺す！

突き放そうとした紗那であるが、伊次はさらに力を込め、耳元で思わぬことをささやいた。

「わたしはそなたに一目惚れした。わたしと共に来てくれぬか」

目を見開いた紗那は伊次の胸を押して身体を離したが、恐るべき力で肩をつかまれ、目の前に伊次の顔がきた。

馬淵が止める間もなく想いを告げた伊次は、紗那の目を見て驚いた顔をした。

「そなた……」

目をそらした紗那は、伊次を突き放して、逃げ去った。

這って出た伊次が、逃げ帰る紗那に叫ぶ。

「せめて名を教えてくれぬか」

だが、紗那は振り向くことなく去り、屋敷から逃げた。

屋敷の外にいた阿久津は、紗那が焦りの色を浮かべて帰ったので、配下の者と驚きの顔を見合わせた。

「あの紗那様が逃げるように帰られたぞ。これはいったいどういうことだ」

「阿久津様、玉野殿はやはり、ただ者ではないかもしれませぬぞ」

「そうかもしれぬ。何があったのか分からぬが、御家老から指示があるまで、玉野殿を怒らせぬようこころして当たらねばならぬな」

「そのほうがよろしいかと」

阿久津は配下とうなずき合い、神妙な顔で屋敷に入った。


男に求愛されることなど初めてだった紗那は、気が動転して伊次の前から逃げたのだが、大木の屋敷に戻る頃には、落ち着きを取り戻しつつあった。

それでも、御殿の部屋で待っていた三宗が、紗那の異変にいち早く気付いた。

「紗那様、いかがなされました」

動揺した紗那が、三宗の前に正座して顔を見つめる。

「玉野と、何かございましたか」

目を細くする三宗に、紗那はうつむいて黙り込んだ。

この時紗那の頭には、色白でか弱そうだが、好青年の伊次の顔が浮かんだ。

抱きしめられた時の肌の温《ぬく》もりを思い出してはっとした紗那が、

「馬鹿な。あのような者に気が向くことなどあり得ぬ」

小声で独りごちた。

「今、なんと」

「なんでもない」

顔をたたき、気持ちを切り替えようとしている紗那の目の前に、香炉《こうろ》が置かれた。

好みの香りに目を閉じた紗那は、大きく吸い込んで、長い息を吐いた。

ふっと、首を垂れたが、それはほんの少しのあいだで、顔を上げた時の紗那は、いつもの表情に戻っている。

ゆるりと立ち上がり、鋭い眼差しを三宗に向けた。

「玉野はただの馬鹿者だ。消えた使いの二人のことで、何か知らせは」

「ございませぬ」

「では領内にいるはず。行列に公儀の隠密が紛れていたに違いない。家老に命じて捜させろ」

「承知。我らも捜しましょうぞ」

応じた紗那は、着替えをして弓をにぎった。

「必ず見つけ出して、玉野に首を突き出してやる」

勇んで出かける紗那に、三宗がほくそ笑む。

「それでこそ、弓の紗那様」

三宗は家老に指示を伝え、紗那を追って屋敷から出た。


その頃伊次は、布団の中で天井を見つめながら、逃げ帰った紗那のことを考えていた。

夕餉の粥《かゆ》を持って来た馬淵が声をかけたが、伊次はなま返事をして背を向け、肘枕《ひじまくら》をした。そのあとは、うんともすんとも言わなくなった。

好いたおなごのことで頭がいっぱいなのだと悟った馬淵が、ひとつ咳をして身をかがめ、伊次の背後から耳に口を近づける。

「殿！」

「うわ！　びっくりした！」

引きつらせた顔を向ける伊次。

「な、なんだ、大きな声を出して」

「なんだ、じゃございませぬぞ。先ほどから、粥の支度が調《ととの》ったと言うておりますのに、ぽかぁんと口をお開けになって、何を見ておられたのですか」

「な、なんでもない」

起き上がる伊次を横目に、馬淵が天井を見上げた。

「おお、おなごの顔が見えますな」

「まさか！」

伊次が慌てて天井を見上げるので、馬淵は頭を抱えてため息をついた。

「殿、このような時におなごに懸想《けそう》するとは何ごと。信平様に叱られますぞ」

「信平様が怒るものか」

伊次が粥の器に手を伸ばした時、廊下に善衛門が現れた。

「我が殿が、何を怒るのでござるか」

すっかり信平の家来になった気でいる善衛門が、遠慮なく寝所に入り、持っていた包みを粥の横に置いた。

「仮病のために毎日粥ばかりでは可哀想だと殿が申されたので、持って来ましたぞ」

笹の葉の包みを善衛門が開くと、伊次は笑みを浮かべた。

「むすびですか」

「しそと梅を刻んで混ぜたのみじゃが、旨いですぞ」

「ありがたい」

伊次は一口頰張《ほおば》り、米粒だと言って喜んだ。

「旨い」

「それはようござった。ところで、我が殿が何を怒るのでござるか」

伊次は馬淵と目を合わせた。

馬淵が困り顔をする。

「申しわけございませぬ。殿は仮病のくせに、こともあろうに医者の付き人を口説いたのでございますよ」

「なんと。では、仮病がバレたか」

「分かりませぬ」

善衛門は口をむにむにとやり、伊次を睨んだ。

伊次はにぎり飯を食べるのをやめて、首をすくめる。

「今も、おなごのことを考えて呆けておられたゆえ、お叱りしたばかりでござる。城から何か言うてくれれば、殿には女癖の悪いお方になってもらうつもりでございましたが、葉山様、これでよろしゅうございましょうか」

困り顔で言う馬淵に、善衛門は渋い顔で答える。

「そうするしかござるまい。しかし、よりによってあのおなごに懸想するとは」

馬淵が驚いた。

「よりによってとは、どういうことにございますか」

「はっきり分からぬが、殿はあのおなごに、ただならぬ気配を感じておられる」

「まさか、忍びの者でございますか」

「かもしれぬ」

善衛門は伊次に厳しい眼差しを向けた。

「伊次殿、おなごに惚れるのは勝手じゃが、あの者だけは、くれぐれも気をつけなされ。また様子を見に現れた時は、色気より病気ですぞ。役目をお忘れなきように」

伊次は花がしおれるように首を垂れて返事をする。

「承知しました」

「では、ごめん」

善衛門は寝所から出て、それとなくあたりの気配を探る。阿久津の手の者が探っていないか、確かめたのだ。

気配がないことに安堵した善衛門は、やれやれ、と言って、信平のところへ戻った。

善衛門のにぎり飯を食べようとして、伊次はため息をついた。

信平がおなごにただならぬ気配を感じていると聞き、自分が見たものは、幻ではないかもしれないと思ったのだ。

「まさか、そのようなことは」

ぼそりとこぼす伊次に、馬淵が不思議そうな顔をした。

「そのようなこととは、どのようなことにござるか」

「いや、なんでもない」

伊次は、あり得ぬ、と自分に言い聞かせてにぎり飯を食べた。

「旨い」

「それはようございましたな。では、これはそれがしが頂戴つかまつる」

粥を食べる馬淵に、伊次は顔を上げた。

「粥を食べたら、持って来ている書物をすべてここへ運んでくれ」

馬淵が粥をすすりながら、伊次の枕元に積まれた書物に目を向ける。

「あれをもう読み切られたのですか」

「この中には、気になっていることが書かれていないのだ」

「二百冊はございますぞ。言うてくだされば探して持って来ますが」

「書物の名をうろ覚えなのだ。頼む」

「承知しました。すぐに持ってまいりましょう」

馬淵が粥の膳を持って立ち去ると、伊次はにぎり飯を食べながら、書物の名を思い出そうと頭をひねった。

六

大木《たいぼく》の下にいる鈴蔵と菊丸は、根元に身を隠して、谷に架かる吊り橋を見ていた。谷底からは、急流の音が聞こえてくる。

枯れ草を身に纏っている菊丸が、長らくこの場にとどまって様子を探っていたところ、米を積んだ荷車が十台ほど渡ったという。

山を探索していた鈴蔵は、遠くにこの橋を見つけて来て、渡ろうとしたのだが、菊丸に腕をつかまれて止められたのだ。

橋の向こう側の山の中には、杉の木に巧みに隠された櫓《やぐら》があり、見張りが目を光らせているという。

「それらしいものが見つかったか」

菊丸に問われて、鈴蔵はかぶりを振った。

「米を運んだなら、この谷の向こう側が怪しい。吊り橋を渡ればたちまち見つかってしまう。川下に下りて山を登るしかない」

菊丸が告げる。

「念のため、二手に分かれよう。おれは川上に向かい渡れる場を探してみる」

「いずれにしても、一日では無理そうだな。伊次殿は大丈夫だろうか」

「気にしている暇はないぞ」

菊丸が立ち上がった。その刹那、空を切って来る矢に気付いて身を伏せた。

大木の幹に弓矢が突き刺さる。

鈴蔵と菊丸は無言でうなずき合い、二手に分かれて逃げた。

「いたぞ！　追え！」

山の中で怒号が響き、鎧《よろい》と薄鉄《うすがね》の編笠を着けた足軽たちが山肌を滑り下りてくる。

川上に向かった菊丸を追う者がいたが、獣のごとく走る菊丸は、追っ手を振り切ることができた。

一方、川下に向かった鈴蔵は、背後から飛んで来た弓矢に腕をかすめられ、痛みに顔をしかめながら走っている。

木々のあいだに見え隠れする鈴蔵の姿を見つつ、紗那は薄い笑みを浮かべて弓を引く。

射放たれた矢が木立の中を走り、鈴蔵の肩を貫いた。

珍しく致命傷を与えられない紗那を横目に、三宗が抜刀して駆け下った。

紗那が藩士に顔を向ける。

「追え！ 逃がすな！」

山に黒い雪崩《なだれ》が起きたかのごとく、足軽たちが声をあげて一斉に駆け下りる。

地響きのように聞こえる追っ手の声に、鈴蔵は舌打ちをして逃げた。

道に出ようとしたが、そこには別の足軽たちの姿が見えた。

仕方なく山に戻った鈴蔵であるが、駆け下った足軽たちに見つかり、囲まれてしまった。

鈴蔵は手裏剣を投げて倒し、突き出された槍をかわして突破する。

「追え！」

しつこく追って来る足軽たちを振り切ろうとした時、目まいが襲ってきた。

「毒矢か」

頭を振りながら走った鈴蔵は、木立を利用して追っ手から離れようとしたが、足が速い数名がしつこく追って来る。

不覚にも先回りをされたのか、行く手に、黒い人影が現れた。

ぼやける視界の中で手裏剣を投げたが、勢いはなく、容易《たやす》くかわされる。

相手が抜刀した。

鈴蔵は死を覚悟して立ち止まり、抜刀したのだが、黒い影は横を走り抜けた。

振り向く鈴蔵の目に、追っ手を斬り倒す姿が映る。

凄《すさ》まじい剣技により、追いすがっていた足軽六名が倒れた。

木立の奥に、新手の追っ手が来るのが見えた。その中には、弓を持った紗那がいる。

戻ってきた者が鈴蔵に肩を貸した。

「死んでも走れ」

力強く引かれ、鈴蔵は朦朧《もうろう》とする中で足を動かす。

それからは、どこをどう走ったのかまったく覚えてなく、気が付けば、見知らぬ家の中で横になっていた。

天井裏なのか、敷き詰められた竹の隙間から明かりが見え、囲炉裏の薪《まき》が弾ける音がする。

横になっている場所は囲炉裏の真上らしく、煙の匂いが強くするのだが、とても暖かくて心地がいい。

鈴蔵はふたたび、深い眠りに落ちた。

激しく戸をたたく音に目をさました鈴蔵の耳に、

「ここを開けよ！　中を検める！」

外からの厳しい声が届いた。

起き上がろうとした鈴蔵を押さえて止めた男が、口に人差し指を当てて声を出すなと仕草《しぐさ》で命じる。

下で老爺《ろうや》の声がして、戸を開けると、数人の役人が入ってきた。

「山に潜んでいた曲者を追っておる。匿ってはおるまいな」

「とんでもないことでございます。お役人様の仰せのとおりに、怪しい者を見かけたらお知らせする気で、毎日畑に出ております」

「元助《がんすけ》、暇を出されて何年になる」

「十年でございます」

「手柄を挙げれば城に戻るのも夢ではないぞ。励むがよい」

「ははあ」

頭を下げる元助の前で、役人がじろりと上を睨んだ。囲炉裏の真上に敷かれた竹を見て、元助に言う。

「念のため、調べるぞ」

配下の者が差し出す槍をにぎった役人が、竹の隙間に槍を突き入れる。

鈴蔵の横にいた男は音もなく梁《はり》に上がって逃れた。

横になっていた鈴蔵は、敷物の下から突き上げられる衝撃を受けたが、槍の穂先は届かなかった。

穂先に血が付いていないのを見て、役人は配下に槍を渡した。

「このあたりに潜んでおるやもしれぬので、見つけ次第知らせるように」

「承知しました」

役人は帰っていった。

板戸の節穴から外を見た元助が囲炉裏端に戻り、上を見る。

「もう行きましたのでご安心を」

「すまぬ」

男が応じると、元助は座り、何ごともなかったように草鞋《わらじ》作りに戻った。

梁から下りてきた男が、鈴蔵に言う。

「貴殿は御公儀の隠密でござるか」

鈴蔵が警戒して答えずにいると、男が笑みを見せる。

「ご安心を。それがし、紀州頼宣様にお仕えする者にござる」

鈴蔵は目を見開いた。

「もしや、川村弥一郎殿では」

「さよう」

鈴蔵は声を潜め、信平に仕える者だと教えた。

驚いた弥一郎が言う。

「毒矢にやられていますが、眠っておられるあいだに毒消しを飲んでいただきましたので明日には楽になります。肩の傷は痛みますか」

鈴蔵は首を横に振り、信平が密かに領地へ入っていることを教えた。

弥一郎が瞠目《どうもく》した。

「信平様がおられるなら、これほど心強いことはない。しかし、何ゆえ山を探っておられた。鉄砲密造の場所は、お知らせしたはずですが」

「繋ぎの者が期日を過ぎても戻られぬゆえ、頼宣侯が案じておられたと聞いていま
す。殿は自ら名乗り出られ、布田藩の闇を調べに来られたのです」

「そうでしたか。配下の者が……」

殺されたのだと悟った弥一郎は、神妙な顔をした。

「布田藩の領内は、神宮路の手の者に牛耳《ぎゆうじ》られております。それがしを助けてくれた
者が国家老や外から来た一味を倒そうと密かに人を集めていますが、弓を使う若い女
が特に厄介で、すでに数名捕らえられています」

「それがしも、その女にやられました」

「尋常の者ではござらぬ。こころしてかからねば」

「殿に知らせる」

鈴蔵は起きようとしたが、目まいがした。

「今無理をしてはなりませぬ。夜中を待って、それがしが行きます」

「では、菊丸の行方が分からぬと、お伝えください」

「承知」

弥一郎は鈴蔵のそばに水とにぎり飯を置き、下へ下りた。

老爺に自分のことを頼む声がしたが、鈴蔵は、吸い込まれるように眠った。

七

「やはり玉野は、公儀の命で探りに来たに違いない」

険しい顔をするのは、山から戻った配下から一報を受けた大木だ。

配下と共に戻った紗那に、大木が顔を向ける。

「紗那様、いかがいたしましょうか」

紗那は答えず書院の間に入り、三宗を従えて上座に向かう。

大木は紗那を追って中に入り、問う顔をしながら正座した。

「紗那様、ここは一気に宿所へ攻め込み、一人残らず始末しますか」

紗那は三宗に顔を向けた。

三宗が代弁する。

「迂闊《うかつ》に皆殺しにしては、公儀も黙っておるまい。隣国には譜代《ふだい》の藩があるゆえ、ここで兵を向けられては困る。紗那様が、調べてくださるそうだ」

「まことでござるか」

大木に言われて、紗那は微笑を浮かべた。

「その顔は、策がおありのようですな」

三宗を見た紗那が、立ち上がる。

「これより玉野の寝所に忍び込み、直《じか》に問い質す。疑わしきところあれば、その場で毒を飲ませて殺してやる」

「そういうことゆえ大木殿、阿久津殿に手引きするようお伝えくだされ」

「承知いたした」

大木は配下に命じて、宿所に使いを走らせた。


伊次は、寝所に籠もって読み物を漁っていたのだが、夜も更けた頃にはさすがに瞼が重くなってきた。

山と積まれた中から適当な書物を抜き取り、横になってめくっているうちに大あくびをした。

何げなく文字に目を通していた伊次は、探していたものを見つけて起き上がった。

障子が音もなく開けられたのは、その時だ。

「爺、まだ起きて――」

中に入ったのが馬淵ではなく紗那だったので、伊次は息を呑んだ。

障子を閉めた紗那が、両手をついて頭を下げる。

「そなた、どうして」

「お加減は、いかがでしょうか」

「気にして、わざわざ来てくれたのか」

「脈を取らせていただけますか」

顔を上げた紗那に、伊次は何度もうなずいた。

薄い笑みで応じた紗那が、すぅっと立ち上がり、目を伏せて歩み寄る。

蠟燭《ろうそく》の淡い明かりのせいか、近寄る紗那はおとなびて美しい。

「こ、今夜こそ、名を教えてくれ」

紗那の正体を知らぬ伊次は、好いたおなごに向ける眼差しで顔を覗き込む。

「お手を」

「う、うむ」

伊次が左手を出すと、紗那は手首をつかみ、顔を上げた。その目を見て、伊次ははっとした。手を離そうとした刹那、紗那が強く引き、伊次の喉に刃物を当てた。

「な、何をする。そなたはそのようなことをする者ではあるまい」

「黙れ。お前の命を取るなど容易いことだ」

「ま、待ってくれ。話を聞いてくれ」

「死にたいのか」

喉に刃を当てられて、伊次は痛みに顔を歪《ゆが》めた。

「分かった。言うとおりにする」

紗那が刃を離すと、伊次の喉に血がにじむ。

「お前は公儀の隠密か」

「ち、違う」

「領地へ走らせた二人は、隠密であろう」

「…………」

答えぬ伊次に紗那は目を見開き、ふたたび刃物を近づけた。

悲鳴をあげる伊次の口を手で塞ぎ、耳元でささやく。

「言わぬなら、死んでもらう」

刃物を離した紗那は、伊次の太腿を突き刺そうとしたが、廊下に鋭い眼差しを向けた。

咄嗟に刃物を投げたが、手ごたえはない。その刹那、背後の襖《ふすま》が開けられ、背中に刀が打ち下ろされた。

抜刀した小太刀で受け流した紗那は立ち上がり、飛びすさって間合いを空けた。

凄まじいまでの剣気を放つ相手に、紗那はじりじりと下がる。

「殿！　何ごとでござる！」

馬淵が叫びながら駆け付け、紗那を見て目を見張る。

「お前、やはり忍びであったか。将軍家直参旗本を狙うとはけしからん。成敗してくれる」

怒鳴って抜刀する馬淵に微笑を浮かべた紗那が、俊敏《しゅんびん》に迫った。

「うお！」

驚いて尻餅をついた馬淵の前を駆け抜けた紗那が、案内したはずの阿久津と家来に斬りかかる。

阿久津は応戦したが、紗那を傷つけることはない。巧みに小芝居をうって、逃がしたのだ。

追おうとした馬淵を阿久津が制した。

「我らにおまかせを。不埒《ふらち》者は必ず捕らえ申す」

「いや、しかし」

「我らを信用できぬと申されるか」

阿久津は行く手を阻み、挑みかかる態度をする。

動揺している馬淵は考えが浮かばず、寝所の中に顔を向けた。

伊次を助けに入ったのは、信平だ。その信平が、伊次の背後で顎を引いて見せると、馬淵は応じ、阿久津に顔を向ける。

「分かり申した。不埒者を、必ず捕まえて来られよ」

「ははあ」

大仰《おおぎょう》に応じた阿久津が立ち去り、廊下を曲がったところで立ち止まった。

「大馬鹿者どもめ、囚われの身になるのはお前たちだ」

配下の者とほくそ笑みながら、屋敷から出ていった。

寝所では、馬淵が信平に頭を下げていた。

「危ないところをお助けいただき、なんとお礼を申し上げれば良いか」

「よい。伊次殿の傷の手当てを」

「はは」

馬淵が人を呼ぼうとしたのを、伊次が止めた。

「信平様、その前にわたしの話を聞いてくだされ。先ほどのおなごは、悪人ではないかもしれませぬ」

　これには馬淵が慌てた。

「殿、殺されかけたのですぞ！　いくら好いたおなごでも、こればかりは許しませぬぞ」

　伊次は馬淵を無視して書物を探した。

「あった。これです」

　差し出された書物を受け取った信平は、表紙に目を向ける。

「魔眼の乙女」

「殿！」

　馬淵が止めようとしたが、伊次は信平に訴えた。

「これは作りごとではございませぬ。平安の世に、貴族の美しい姫を嫉《ねた》む者が、妖術《ようじゅつ》をもって姫の付き人の女を操り、殺させようとしたことがあるのです。先ほどのおなごは、この書物に書かれているのと同じ目をしておりました」

　伊次が信平の手から書物を取り、開いて指差した。

　信平は、文字を声に出す。

「操られし者の目の中には、別人の目が見える」

「魔眼の光です。わたしを殺そうとしたおなごの目の中に、違う者の目が見えました」

「まことか」

「はい」

「殿、そのようなことがあろうはずがござらぬ」

諫《いさ》めようとする馬淵に、信平が神妙な顔を向ける。

「伊次殿が言われることは、過ちではないかもしれぬ。麿はかつて、人に操られたことがあるのだ」

信平は確かに、佐間《さま》一族《いちぞく》の末裔《まつえい》である霞《かすみ》に毒茸《どくたけ》を用いた呪詛《じゅそ》をかけられて、操られたことがある（『公家武者信平ことはじめ㈤　第三話「妖しき女」』参照）。

その時のことを教えると、馬淵が仰天した。

伊次は目を輝かせている。

「やはり、ほんとうにいるのですね。あのおなごもきっと、呪詛をかけられて操られているに違いございませぬ」

信平は、佐間一族の者が他にも生きているのではないかと案じずにはいられなかった。

「魔眼というのは、何者が使う妖術ですか」

伊次は書物をめくった。

「京の大狐《おおぎつね》の仕業《しわざ》と記してあります。宮中を守っていた武人が退治したと書いてありますが、これは、物語をおもしろくするために狐のせいにしたのでしょう。呪詛をかけたのは、信平様がおっしゃった佐間一族のような輩の仕業に違いございません」

「ふむ」

「信平様、あのおなごを救うことはできませぬか」

「捕らえることができれば、救えぬでもない」

伊次は希望を持った顔をした。

「どうか、お力をお貸しくだされ。わたしは、あのおなごを魔から救ってやりとうございます」

信平は応じつつ、こころでは憂えていた。佐間一族のように人のこころを支配して操る者が与しているなら、厄介な相手であることは間違いないからだ。

第三話　伊次《これつぐ》の願い

一

「伊次殿を襲った女は、医者の下女だったらしいな」

部屋に戻るなり五味正三が言い、大あくびをしながら座った。弓の紗那が逃げた時から一睡もせずに、弓組の者として伊次の警固に立たされていたのだ。

「阿久津殿は女を捕らえると言ったそうだが、ありゃ嘘だな。招き入れたのは奴らに違いない」

賛同した佐吉が、座るのをやめた。

「今から問い詰めてやりたい気分だ。殿に言上《ごんじょう》してみるか」

「お二人とも、大きな声を出すのはおやめなさい」

善衛門と食事の支度をしていた頼母に言われて、佐吉は黙って座った。

五味が不服そうに言う。

「おぬしは、阿久津のことをどう思うておるのだ」

「皆さんと同じですが、小者の阿久津を捕らえて尋問したところで、我らが不利になるだけです」

「分かっておる。信平殿まで警固に立たされたので、腹が立ってつい口から出ただけだ」

「気持ちは分かります。伊次殿を襲った女が何者かに操られているというのは、ほんとうでしょうか」

五味がうなずいた。

「伊次殿はそう言うたらしいが」

頼母は善衛門に顔を向ける。

「殿が京で呪詛をかけられたというのはまことのことですか」

「うむ」

お櫃から飯を取ってにぎっていた善衛門が、皿を皆の前に置いた。

にぎり飯を取った宮本厳治が、佐吉に渡しながら言う。

「あの信平様が、人に操られたのでござるか」

「さよう」

善衛門は、廊下に座っている信平を一瞥し、頼母と厳治を手招きして近くに寄らせた。

「殿はな、京に上られた際に霞という佐間一族の末裔のおなごに呪詛をかけられ、己を見失われたことがある。操られるままに剣の師である道謙《どうけん》様に斬りかかり、霞のことは、奥方様に見えていたそうだ。道謙様に救われなければ、今頃どうなっておられたか」

厳治が身震いした。

「信平様が操られるままに人を斬るお姿を考えただけで、寒気がする」

「まことに」

頼母が深刻な顔をしている。

五味が味噌汁《みそしる》のお椀《わん》を取りながら言った。

「あの時は、陰陽師の血を引く爺様のおかげで助かったのでしたな、ご隠居。名はなんだったたか」


思い出そうとする五味に、善衛門が顔を向ける。

「加茂光行殿じゃ」

「そうそう。確か、安倍晴明《あべのせいめい》と肩を並べた賀茂光栄《かものみつよし》の子孫でしたな」

「うむ。殿がそのことを伊次殿に教えられたところ、おなごを捕らえて、京に連れて行きたいと頼んだそうじゃ」

「で、信平殿はなんと」

「訊かずとも分かろう」

「まさか、承諾されたのです？」

「捕らえることができればの話じゃ。あのおなごは、殿の峰打ちをかわしよったらしい。一筋縄にはいかぬ相手だ」

「それは厄介そうですな」

おかめ顔の口を曲げた五味が、味噌汁を一口すすり、ため息をつく。

「いつになったら、お初殿の味噌汁が飲めるのかなぁ」

善衛門が口をむにむにとやる。

「勝手について来ておいて泣き言を申すな。江戸におればよかったであろうが」

「そんな言い方はないでしょう。このぶんだと、近いうちにそれがしの槍の腕が大きな助けになりますぞ」

「槍なら誰にも負けぬ」

厳治が朱槍をにぎって立ち上がったので、五味はどうでもいいような顔を向けてはいはいとあしらい、善衛門のにぎり飯を食べた。

勇ましい笑みを浮かべて座りなおす厳治。その横に座っている頼母が、厳しい顔を縁側に向けた。

信平と永井三十郎は部屋に入らず、先ほどから話し込んでいるのだ。

いつもの雅《みやび》な狩衣ではなく、弓組の徒として木綿《もめん》の着物を着て短袴を穿《は》いた質素な身なりをしている信平の後ろ姿に、頼母は案ずる顔をする。

共に信平の様子を見た五味が、善衛門に訊いた。

「二人は先ほどから何を話しておられるので」

「鈴蔵と菊丸のことじゃ。おなごが伊次殿の寝所に忍び込んだのは、二人が見つかったからに違いないと永井殿が言うてきてな、不穏ゆえ、すぐにここを発つよう殿を説得しておる」

「動かないでしょう、信平殿は」

信平の気性を知る五味に、皆が賛同した。

頼母が言う。

「我らは正体を隠していますが、伊次殿は将軍家旗本。ここを襲えば藩が潰れるのが分からぬ国家老ではないはず。それゆえ刺客を差し向けたのでしょうから、急《せ》いて逃げずともよろしいかと」

肚《はら》が据わっている頼母に善衛門がうなずきつつも、腕組みをして難しい顔をした。

「問題は鈴蔵と菊丸だ。あの二人が戻らねば、鉄砲のことも分からぬままだ。仮病で逗留するのにも限界がある。永井殿は、そこを案じておるのだ」

厳治が思慮深い顔で口を挟んだ。

「いっそのこと、藩が動いてくれたほうがよろしいな。向こうから我らを襲って来れば、悪に与している動かぬ証。押し返して悪党どもを捕らえられるというものだ。けしかけてやりますか」

頼母が真顔で首を横に振る。

「相手は大名だ。万が一、藩を挙げて襲われた時は、とても防ぎきれるものではない。ここは下手に動かず、鈴蔵殿と菊丸殿を信じて、二、三日様子を見たほうがよろしい」

厳治は頼母に従い、勇んだ気持ちを抑えてにぎり飯を頬張った。

善衛門が言う。

「二人が捕らえられていた場合、ただ黙って待つのは時の無駄になる」

頼母は不服そうな顔を向けた。

「何か、策がおありですか」

「そこは、殿がお考えになろう。話が終わったようじゃぞ」

永井が去り、信平が部屋に入ってきた。

五味が身を乗り出して訊く。

「信平殿、いかがします」

信平は五味に穏やかな眼差しを向けた。

「永井殿の話では、鈴蔵と菊丸が潜伏した山で騒動があったようだ。明日の朝までに戻らなければ、伊次殿にはここを退いてもらう」

「鉄砲密造の探索をあきらめるのですか」

「まだ復路がある。一旦玉野家の領地へ行き、策を練りなおす」

「仕方がないですな」

善衛門が悔しそうな息を吐いた時、永井が戻ってきた。

「信平様、まずいことになりました」

「いかがした」

「国家老が兵を引き連れて宿所に向かっています」

驚いた善衛門が立ち上がった。

「直参旗本を襲うて来るとは、血迷うたか」

信平は部屋から駆け出た。庭を走って表門に行く。すると、騎馬武者が土塀の外を走り、表門から駆け込んで来た。

迎えた阿久津が、馬を降りた鎧武者から何か告げられている。

「承《うけたまわ》った」

阿久津が大声で応じるや、鎧武者は阿久津と共に表玄関に入った。

伊次が危ない。

そう言った信平は、裏庭を走り、伊次の寝所に先回りする。

兵が来ていることを家来から知らされていた伊次は、馬淵と廊下に出ていた。庭に入った信平を見つけるや、伊次が駆け下りて来る。

怯《おび》える伊次にしゃべるなと合図した信平。そこへ、鎧武者を連れた阿久津が現れた。

信平は、廊下に戻った伊次のそばに行き、それとなく守る。

馬淵が、廊下を歩んで来た阿久津の前に立ちはだかった。

「この騒ぎは何ごとでござる」

立ち止まった阿久津が、馬淵に笑みを作って見せた。

「何を慌てておられる」

「軍勢が来ているではないか。我らを襲う気か」

「ご冗談を」

阿久津が言うと、後ろにいる鎧武者が兜《かぶと》を取り、頭を下げた。

「我らは、玉野殿を曲者からお守りするためにまいりました」

「なんと」

驚いた馬淵が、伊次と信平に顔を向け、阿久津に場を譲る。

歩み出た阿久津が、伊次に柔和な顔をする。

「突然のことでお知らせもできず、驚かせてしまいました。お許しください」

動揺している伊次に、阿久津は堂々とした態度で対峙《たいじ》し、庭を見回した。

「この屋敷は広いだけで、塀も低く、守りには向いておりませぬ。ゆえに、昨夜のようなことがあってはならぬと申された御家老が、急遽兵《きゅうきょ》を出されたのです。この者の話では、周囲を隙間なく埋めて守りますので、どうか、ご安心を」

鎧姿の家来を従えた大木が、庭に入ってきた。

気付いた阿久津が伊次に教える。

「御家老が到着されましたぞ」

振り向く伊次に、大木が探るような顔をした。

「玉野殿、起きてよろしいのですか」

「い、いや、これは」

おどおどする伊次に代わって、馬淵が大木に言う。

「突然のことに、殿は驚かれたのでござる。さ、殿、横になってくだされ」

「う、うむ」

大木が歩みを進め、余裕の顔をする。

「玉野殿、昨夜は危ないところでしたな。将軍家直参旗本の命を狙うとは、恐れ知らずの輩がいたものです。何者かに、お命を狙われておるのですか」

馬淵が不機嫌な顔をした。

「曲者は医者の付き人の女ぞ。阿久津殿は捕らえると申されたが、どうなっておるのだ」

大木が頭を下げた。

「阿久津から知らせを受けて昨夜のうちに医者を捕らえ、拷問にかけましたが、下働きのおなごは雇ったばかりで、口利きをした口入屋《くちいれや》は、領内の村の娘だと思い込んでいたようです。両名とも、騙されていたのでしょうな。玉野殿に心当たりがおありなら、お教えくだされ」

馬淵は物言いたそうにしたが、ぐっと堪《こら》えた。

大木に鋭い目を向けられ、伊次は真っ青な顔をしている。

そんな伊次を見て、大木は神妙な顔をした。

「将軍家御旗本ともなれば、田舎大名とは違い、いろいろ面倒なこともございましょう。いらぬことを訊きました」

「いや、そのようなことは」

伊次はほっと胸をなで下ろしたような声を発した。

大木が胸を張り、伊次を見下ろして言う。

「我が領内におられる限り、昨夜のようなことは二度と起きぬよう守りますゆえ、安心して養生してくだされ。阿久津、わしは兵を置いて城へ戻る。あとはまかせたぞ」

「はは」

帰ろうとした大木が、思い出したような顔を伊次に向けた。

「そういえば、領地に玉野殿の急病を知らせに向かった者たちは、戻ってきましたか」

伊次は真っ青な顔をして、返答に窮した。

馬淵が助け舟を出そうとしたが、

「わしは玉野殿に問うておる！」

大木が大音声《だいおんじょう》で制した。

口を出せぬ馬淵が、伊次を促す。

「そ、それが、まだ戻りませぬ」

「あの者たちは、古いご家来か。それとも、雇われた者にござるか」

「両名とも、雇った者にござる」

馬淵が口を挟んだので、大木がじろりと睨んだ。

「ほほう。なるほど。そのような輩に伝令を頼まれるとは、浅はかでございましたな。それとも、その者どもが伝令を名乗り出ましたか」

「さよう。駄賃《だちん》を目当てに名乗り出たので、何も思わず託しました。気にされるということは、まさかその者たちが、布田藩の領内で迷惑なことをしましたか」

「いや、何も。そろそろ玉野の迎えの方々が来られても良いものかと思い、訊いただけにござる。では、ごめん」

大木は、伊次に頭を下げ、城へ帰っていった。

信平は伊次と寝所に入って今後のことを話そうと思っていたのだが、阿久津が廊下に居座っているため、弓組の部屋に戻った。

待っていた永井が言う。

「外を見て来ましたが、兵は寄せ手ではござらぬ。この屋敷を囲み、警固しております」

「ふむ」

縁側から様子を探った信平の耳に、兵たちに号令する声が聞こえてくる。

信平は、部屋の入り口にいる永井に顔を向けた。

「兵の数は」

「およそ五百。表と裏に限らず、屋敷を隙間なく囲んで配置されています」

「警固をすると見せかけて、我らを宿所に幽閉《ゆうへい》する気か」

「やられました。これでは、鈴蔵と菊丸が戻れません」

信平はうなずいた。

善衛門がそばに来て、声を潜める。

「殿、こうなったら我らの正体を明かして、国家老をこらしめてやりますか」

「麿のことを神宮路の配下が知れば、宿所は戦場になる。ここは、一旦退くしかあるまい。永井殿、伊次殿にさよう伝えてくれ」

「承知」

近習に扮している永井は、すぐに伊次の元へ向かった。

信平は弓組の一文字《いちもんじ》菅笠を着けて、外の様子を探りに出た。

玉野家の家中たちが表門に集まり、不安そうな顔で話をしている。

信平たちのことは馬淵の口利きで雇われている者と信じている連中が、門に近づく信平に、遠慮のない言葉をかけてきた。

「外に行けば追い返されるだけだぞ」

「様子だけでも見たい」

信平が歩みを進めようとすると、別の者が止めた。

「見てもおもしろくもなんともないぞ。偉そうに言うてくるので腹が立つだけだ」

それでも信平は、脇門を開けて外へ出てみた。

屋敷の前の道は兵で埋められ、騎馬武者が行き交い、物々しい光景だ。

表門を守っている足軽が、信平に槍を向けてくる。

「中に入っておれ！　貴様のような足軽でも、曲者に命を取られるようなことがあれば我らがお咎めを受ける」

「そうだ。中で大人しくしていろ」

早く入れと槍を向けられた信平は、門前を固める兵たちの後ろで鋭い眼差しを向ける男がいることに気付き、笠で顔を隠すために兵たちに頭を下げ、中に入った。

信平を追って出ようとしていた善衛門が招き入れて訊く。

「いかがでござる」

「永井殿が申すとおり、幽閉も同然だ。やはり、ここは退いたほうが良い」

「ここまで来て無念ですが、仕方ありませんな。これでは、復路も警固すると言われて身動きが取れますまい。何か、別の手を考えねば」

信平は、善衛門と部屋に戻った。

その頃外では、宿所を囲む兵の様子を見ていた川村弥一郎が、表門に出た信平に気付くことなく、立ち去っていた。

二

元助の家に戻った弥一郎は、屋根裏に敷かれた竹竿《たけざお》を見上げた。

「具合はどうだ」

囲炉裏端で草鞋を編んでいる元助が顔を上げて、軽く顎を引く。

「毒は抜けたようで、ぐっすり眠っておられます」

「それはよかった」

ふたたび見上げた弥一郎が、声をかける。

「鈴蔵殿、鈴蔵殿」

ぎしり、と竹竿を鳴らして、鈴蔵が端から顔を出した。

「話がござる。下りてこられませんか」

鈴蔵は応じて、身軽に飛び下りた。

「具合はよさそうだ。あとは、肩の傷だけですか」

「たいした痛みはござらぬ。殿には、お会いになれましたか」

「いや。まずいことになっています」

鈴蔵は弥一郎に促され、囲炉裏端に座った。

黙然と草鞋を編んでいる元助は、二人の話には耳をかたむけていたようだ。

宿所が兵に囲まれたことを弥一郎が告げると、鈴蔵と同じように、元助も驚いて顔を上げた。

「兵の数は」

訊く鈴蔵を一瞥した元助が、身を乗り出す。

弥一郎は険しい顔をした。

「五百ほどでござろうが、宿所を囲むには十分。忍び込む隙がござらん」

元助が言う。

「こうしているあいだにも、宿所が攻められているのではないですか」

鈴蔵は信平の身を案じて戻ろうとしたのだが、弥一郎が引き留めた。

「蟻一匹入れぬほどに囲っているのです。その身体で行けば殺されますぞ」

「このまま黙って見ていろと言われるか」

「その気ならば、とっくに襲っているはず。家老は、一気に襲うつもりかもしれぬ」

「ですが、兵は宿所に向いておらず、まるで警固をしている様相です」

「警固？」

「さよう。意図ははかりかねますが」

鈴蔵は、大木のたくらみが何なのか考えた。

「警固に見せかけて宿所を閉鎖し、殿たちを人質にして我らを誘《おび》き出す気か」

「旗本の玉野殿を生かしたまま足止めするあいだに、貴殿と菊丸殿を捜し出し、抹殺する気ではないかと。この領内に入った公儀の隠密は、ことごとく命を落としています。貴殿らを抹殺するまでは、囲いを解かぬつもりでしょう」

「では、この首を家老に差し出すまで」

「死ぬ気なら、その命、わたしに預けて手を貸していただきたい。鉄砲密造の証はつかんでいますが、出来上がった物をどこに運んでいるのか分かっておりませぬ。この領内のどこかに隠されているはずなので、そこを見つけましょう」

「見つけたところで、信平様が捕らえられたままでは何もできぬ。それがしがお救いせねば」

「死ぬのは待てと言うています。お話ししたとおり、国家老を倒そうとする者たちが機をうかがっています。あの者たちが動けば、兵どもは信平様たちを囲むどころではなくなる」

「それはいつのことですか」

弥一郎は答えず、元助に顔を向けた。

「元助殿、知っておられるか」

元助は、険しい顔で首を横に振る。

「お仲間が弓の紗那にやられておりますからな、すぐというわけにはいかぬかと」

鈴蔵が鋭い目を元助に向けた。

「弓の紗那とは、拙者を襲った女のことにござるか」

「さよう。無垢《むく》な乙女のような顔をしていますが、中身は別物。人の命を虫けらのように奪う冷酷なおなごでござる」

鈴蔵は舌打ちをした。

「弓の紗那……。ひょうたん剣士に劣らぬ恐ろしいおなごだ」

「確かに」

同調した弥一郎が、鈴蔵に言う。

「今は焦らず、元助殿のお仲間がことを起こすのを待ちましょう。それまでに鉄砲の行方をつかんでおき、混乱に乗じて信平様の元へまいるのです」

「なるほど、それは妙案」

鈴蔵がそう答えると、元助がまた身を乗り出した。

「その信平様というのは、誰なのです」

鈴蔵は答えを躊躇《ためら》ったが、弥一郎は信用しているようだ。

信平の正体を明かそうとして口を開いたが、元助が鋭い眼差しを戸口に向けた。

「お静かに」

小声で告げる元助に応じて、弥一郎と鈴蔵は屋根裏に飛び上がり、気配を殺した。

程なく、表の板戸をたたく音がした。

「元助、わたしだ」

密やかな声に、元助が見上げて言う。

「小彌太《こやた》殿ですぞ」

弥一郎は安堵の息を吐き、鈴蔵に教えた。

「先ほど話した、国家老を倒そうとしている者たちの一人だ。下りてくれ、紹介したい」

鈴蔵は承知し、弥一郎に続いて下りた。

戸の心張り棒《しんばりぼう》を外した元助に招き入れられたのは、二十代後半とおぼしき年頃の男だ。月代《さかやき》は半端に伸び、着物もぼろぼろ。一見すると宿なし男だが、丸めた筵《むしろ》に刀を隠している。

鈴蔵を見て、小彌太は眉間《みけん》に皺《しわ》を寄せた。

「川村殿、お仲間が来られたのか」

「この者は、やんごとなきお方の家来です」

小彌太が鈴蔵に訊く。

「肩の怪我《けが》はいかがなされた」

「たたらを探っていた時、弓の紗那に殺されかけたところを、運よく川村殿に助けられました」

「川村殿、またあの山に行かれたのか」

小彌太が驚いたので、弥一郎は苦笑いをして鈴蔵に言う。

「わたしを救ってくださったのは、小彌太殿なのですよ。貴殿と同じように、わたしも弓の紗那に殺されかけたのです」

「そうでしたか」

小彌太が口を挟んだ。

「川村殿、答えてくだされ。山へ行かれたのは鉄砲の隠し場所を探すためですか」

「申しわけない」

「責めてはおりませぬ。礼を言いたいほどです」

思わぬ言葉に、弥一郎は訊く顔を向けた。

小彌太が囲炉裏端に座り、神妙な顔をして言う。

「仲間が隠れている村が危うかったのですが、あなた方が山に潜んでいることを知った家老が兵を差し向け、ことなきを得ました。探索の手を山に取られているあいだに、我らは無事村を脱し、隠れ家を移すことができたのです」

「それは祝着《しゅうちゃく》」

元助が喜び、小彌太と共に頭を下げた。

「お役に立ててよかった」

弥一郎が言うので、小彌太ははっとした。

「まさか、我らのためにわざとあの山に行かれたのか」

「偶然にござる」

とぼけているが、弥一郎は小彌太が隠れる村に家老の目が向けられたのを察して、たたらに行く山で騒動を起こそうとしていた。

その時に偶然、追い詰められた鈴蔵に出会ったのだ。

小彌太が鈴蔵に顔を向けた。

「貴殿は、宿所におられる旗本のご家来ですか」

「…………」

鈴蔵は、信平のことを明かすべきか迷った。

元助が思い出したように、小彌太に言う。

「信平様というお方に仕えておられるようですぞ」

「その御仁は、玉野殿のご家来ですか」

「さよう」

答えた弥一郎が、そういうことにしておこう、という目顔を向けたので、鈴蔵は、小彌太に面と向かい、こくりと頭を下げた。

「鈴蔵と申します」

「梅橋《うめはし》です」

「貴殿は、まことに国家老を倒すおつもりか」

「国家老は父の仇《かたき》。布田のためにも、必ず倒します」

鈴蔵は複雑な気分だった。神宮路に与して鉄砲の密造をしているからには、もはや、布田藩に未来はないからだ。

そんな鈴蔵の気持ちを察したのか、小彌太がふっと笑みを浮かべた。

「我らは、代々守られてきた山を切り崩し、墓所までも潰してしまった国家老と、土足で入り込んで来た奴らを許せないのです。知ってのとおり、敵は手強《てごわ》い。特に、弓使いの女は化け物だ。先日も、杉谷《すぎたに》という村が襲われ、村の者共々、潜んでいた仲間たちが殺されました」

悔しそうな小彌太に、元助が驚いた。

「杉谷には今井《いまい》殿がおられたはず。命を落とされたのですか」

「行方が分からぬ。我らが駆け付けた時には、妻子が変わり果てた姿になっていた。羽織がかけられていたので、おそらく今井殿は戻られたはずだが、以来姿を見せられぬ」

元助が絶句した。

「まさか、山に」

小彌太が告げる。

「以前から、鉄砲を奪うと申されていた。杉谷を襲われ、報復に出られたに違いない」

「早まったことを」

心配する元助に、小彌太が言う。

「今井殿が鉄砲の隠し場所を襲えば、神宮路の手下どもは領内の村を焼くよう家老に命じるだろう。ここも危ないので迎えに来た。元助、わたしと共に来い。あなた方もまいられよ」

だが元助は、首を縦に振らなかった。

「このおいぼれがいたのでは、足手まといになりまする。お二方は、小彌太殿と共に行かれよ」

弥一郎が真顔で答える。

「わたしは、ここに残ります」

「拙者も同じでござる」

鈴蔵が意思を示すと、小彌太はうなずいた。

「無理にとは言わぬ。元助、くれぐれも気をつけてくれよ」

「そのことを告げに、わざわざお越しくだされたか」

「お前に何かあっては、亡き父上が悲しまれるからな」

「もったいないことでございます」

「ことがすむまで、ここへはもう来ぬ」

帰ろうとする小彌太に、元助が両手をついた。

「お待ちくだされ。この方々は、家老を倒す力になってくださいましょう。手を貸してさしあげてはいかがでしょうか」

「鉄砲のことは、今井殿しか詳しいことを知らぬ」

「そうではございませぬ。家老の兵に宿所を囲まれ、中におられる方と繋ぎが取れずに困っておられます。なんとかなりませぬか」

「そのことなら心配はいらぬ。我らはこれから、捕らえられた仲間を助けに行く。家老は兵を戻すであろうから、その隙に繋ぎを取られよ」

願ってもないことに弥一郎と鈴蔵は感謝したが、元助は焦りの色を浮かべた。

「まさか、高田《たかだ》の牢獄《ろうごく》を襲うのですか」

「そうだ」

「おやめください。あそこは守りが堅い。危のうござる」

「案ずるな。策がある」

「何をするおつもりで」

「まあ見ておれ」

小彌太は元助を座らせ、弥一郎と鈴蔵に笑顔でうなずいて外へ出ようとした。

「お待ちを、これをお使いくだされ」

元助が作りためていた草鞋を差し出したので、小彌太は驚いた。

「これはありがたい。見張りが厳しく、草鞋も満足に手に入らなかったのだ」

小彌太の草鞋はすり切れていて、足の指には血がにじんでいた。

見送る元助に続いて鈴蔵が出ると、小彌太は、待っていた五、六人の仲間と走り去った。

「無茶をしそうで心配だ。共に行く」

あとから出てきた弥一郎が言い、鈴蔵に書状を渡した。

「これに鉄砲を密造している場所が記してある。宿所の兵が動いた時は、信平様に届けてくれ」

「承知しました。くれぐれも、お命を大切に」

「紀州の薬込役に向ける言葉ではない」

弥一郎は薄い笑みを見せて、小彌太を追った。

鈴蔵は中に入り、元助に訊いた。

「家老を父の仇と言われていたが、たたらのことがからんでいるのか」

元助はうなずいた。

「小彌太殿の父貞恒《さだつね》殿は、たたらの山がある一帯の郡奉行をしていたのですが、鉄山を切り崩すことを反対して家老に睨まれ、役目を奪われて蟄居《ちっきょ》させられました。後日、藩から追放の沙汰がくだされたのですが、貞恒殿は従わず、目付《めつけ》の前で抗議の切腹をして果てたのです」

言い終えた元助は悔し涙を流し、濡れた頰を拭いながら続ける。

「うわべはそうなっており申すが、小彌太殿もわしも、貞恒殿は大木の息がかかった目付どもに殺されたと思うております。貞恒殿は、同志を集めて大木を倒し、よそ者を追い出すつもりでおられたのですから」

「では、小彌太殿は父上の遺志を継がれたか」

元助は、手の甲を鼻に当ててすすり、頬をぬぐった。

「これは、しゃべりすぎました。いらぬことを言うなと、小彌太殿に叱られます。忘れてくだされ」

「先日調べに来た役人が言うておりましたが、元助殿は、城勤めをしておられたのですか」

元助は苦笑いでうなずき、

「昔のことです」

逃げるように台所に向かったので、鈴蔵は深く訊くのをやめた。

三

鈴蔵と別れ、一人で探りを入れていた菊丸は、得意の変装で人足に紛れ込み、荷車を押して山道を下っていた。

刀などの武具は山中に埋め、手裏剣のひとつも帯びていない菊丸は、忍びとして研《と》ぎ澄まされた気を殺し、覇気《はき》のない男になりすましている。

鉄砲密造の拠点は、切り崩されている山のさらに奥に入った場所にあり、大勢の村人や職人が働いていた。

鉄を含んだ岩を切り出す山でも大勢の村人が働いており、厳しい監視の中におかれていた。

菊丸は、過酷な労働を強《し》いられる人足たちと同じように、辛そうな顔を作って荷車を押している。長い木箱の中身はおそらく鉄砲だろう。箱をいくつも積み上げた荷車は、車輪が土に埋まるほどの重さがある。

前後に連なる荷車の数から想像するに、運ばれている鉄砲は、少なくとも三百はあろうか。

このまま人足になりすまして行けば、山と積まれた鉄砲の隠し場所に行きつけるはず。

菊丸は、そう思っていた。

だが、岩を切り通した狭い道に入って程なく、荷車の列が止まった。前方には黒い門があり、荷車の列を指揮する役人が門番と話している。

前の様子をうかがう菊丸の横で、男たちが面倒臭そうに言う。

「荷を門内に入れる前の人相検めだ。毎度のことだが、近頃は特に厳しいので面倒だ」

「山で騒動があったらしいぞ」

「なんでも、公儀の隠密らしいな」

「またかい。先月捕らえられた女の密偵は、惨い目に遭《あ》わされたと聞いたぞ」

「その話はわしも聞いた。拷問をする役人たちが、なぶり殺しにしたそうじゃないか」

「そいつは大嘘だな。やられたのは密偵じゃない。村の女たちだ」

「弓を持った女が、生きたまま的にしたって噂だ」

「おお怖。弓の紗那という女の顔は一度だけ拝んだことがあるが、あの目はいかん、ぞっとしたよ。やるかもな、あの女なら」

「しっ。大きな声で言うな。悪口を密告されたら殺されるぞ」

二人の目が、片膝をついて草鞋の紐《ひも》をなおしている菊丸に向けられた。

聞き耳を立てていた菊丸は異様な気配に気付き、顔を上げた。すると、男たちが愛想笑いをする。

「お前さん見ない顔だな。どこの村の者だ」

皆の目が菊丸に向けられ、答えを待っている。

周囲を岩壁に囲まれたこの場でしくじれば、逃げ場はない。

菊丸は、覇気のない表情を作ってぼそりと言う。

人足の一人が耳に手を当てた。

「なんだ？　大きな声で言ってくれなきゃ聞こえんな」

「北の領境の集落から来ました」

「まさか、杉谷村からかい」

菊丸は知らぬ名だが、そういうことにしておいた。

すると、男たちから驚きの眼差しが向けられる。

その中の一人が何か言おうとしたが、

「おい、無駄口をたたくな」

役人が竹鞭《たけむち》を振るい、荷車の横に並ぶよう命じた。

「一列だ。頬かむりをしている者は取れ」

菊丸の横の男が頬かむりを取り、顔を近づけて声を潜めた。

「誰だか知らんが、逃げるなら今のうちだぞ」

「なんのことだ」

「わしにとぼけてもだめだ。杉谷の者は、藩にたてつく者を匿った咎で皆殺しにされた。お前さん、公儀の隠密だろう。この中には、密告をして金儲《かねもう》けをする者がいる。杉谷の者だと言ったことが失敗だ」

「そういうお前は何者だ」

「杉谷に潜んでいた者だ。鉄砲は門の奥にある建物に隠してある。逃げろ」

背中を押された菊丸は、すぐに列に戻り、男に訊く。

「何をする気だ」

男は答えない。

人相を検める役人が近づいたので、菊丸は前を向いた。気づかれた時は倒して逃げるのみ。そう思って待ち構えていると、先ほどの男が懐から刃物を抜き、役人に襲いかかった。

「ぐああ！」

腹を刺されて呻く役人から刀を奪った男に続き、三人が行動を起こして役人を襲った。

「曲者だ！」

叫び声と怒号が切り通しの道に響き、斬り合いがはじまった。

人足たちは悲鳴をあげて逃げ惑い、斬られた役人が菊丸にしがみ付く。

他の者と同じように悲鳴をあげた菊丸は、男を斬ろうとしていた役人にわざとしがみつき、助けを求めた。

「離せ！」

慌てた役人が声をあげたが、男に斬られて倒れた。

菊丸は混乱に乗じて門へ走る。

もうすぐ黒門という時に、扉が開けられて数人の黒装束が現れたので、菊丸は慌てて荷車の下へ隠れた。

横を駆け抜ける者たちの足の運び方は、忍びそのもの。

「神宮路の手の者か」

菊丸は目で追った。

すると、人足に化けていた者の一人が手裏剣で喉を貫かれ、忍び刀で斬られた。

菊丸は荷車の下から転がり出て、倒れている役人から六尺棒を奪って走る。

忍びの背後から頭を打って倒し、別の忍びの腹を打つ。

「かたじけない」

斬られそうになっていた男が言い、忍びを斬り殺した。

「御公儀の方。襲撃は失敗にござる。新手が来る前に逃げられよ」

「貴殿らも逃げろ」

「我らは死ぬ覚悟でござる！　行ってくだされ！」

男は襲ってきた忍びを斬り倒した。

「早く！」

「名をお教えくだされ」

「今井健吾郎《けんごろう》！　いずこかで梅橋小彌太と申す者に会われた時は、今井は立派な最期を遂《と》げたとお伝えくだされ」

今井は白い歯を見せて、斬りかかった役人を押し返して菊丸に道を空けた。

ここは多勢に無勢だ。

菊丸は、断腸の思いで逃げた。

「逃がすな！」

役人の声に応じた藩士たちが、菊丸を追って来る。

岩を切って通された道の両側は菊丸の身丈の五倍はあり、切り立つ壁のため逃げ場はない。

門内から駆け出た騎馬が迫り来る。

菊丸は、遠い先に見える山を目指して懸命に走ったのだが、馬上の藩士に鉤縄《かぎなわ》を投げ打たれた。

着物をからめられた菊丸が縄をにぎって踏ん張り、藩士を馬から引き落とした。

痛みに呻き声をあげて立ち上がろうとした藩士を蹴り倒し、脇差を奪って縄を切る。

「待て！」

迫る追っ手に背を向けて走った菊丸は、止まっていた馬に飛び乗った。

「はっ！」

腹を蹴り馬を走らせ、切り通しの道から逃れようとした時、前方の山から弓を持った女と侍が現れた。

紗那と三宗だ。

「ちっ」

舌打ちをした菊丸が、突破するべく馬の勢いを増す。

紗那が弓に矢を番えて引いたが、三宗が止め、抜刀して前に出る。足を開き、刀を脇構えにした三宗。

菊丸は身軽に馬の背にしゃがみ、急ぎ立てる。

馬が三宗めがけて突き進む。

ぶつかる直前に馬をよけた三宗が、刀を振るって斬らんとしたが、菊丸は跳躍して刃をかわした。

軽業のごとく宙返りをして馬の背にすとんと下り立った菊丸が、得意顔で後ろを振り向いた、その時、放たれた矢が顔をかすめた。

目を見開いた菊丸が危うく落馬しそうになり、しがみ付いた。

紗那は薄い笑みを浮かべて、次の矢を番えた。

狙いを定められた菊丸は、鞍《くら》の皮紐をつかんで馬の横腹に身を隠した。

冷酷な眼差しで狙いを定めた紗那が、矢を放つ。

唸りをあげて飛んだ矢が、馬の尻に突き刺さった。

腰が砕けるように馬が倒れ、投げ出された菊丸が地面を転がる。

並の者ならば大怪我をするはずだが、菊丸は山の中へ走って逃げた。

矢を放とうとしていた紗那が、菊丸が木陰に消えたので力を抜き、弓を下ろした。

横に歩み寄った三宗が、悔しげな顔を向けて言う。

「獲物を逃すとは珍しいですな。こころが乱れておられるようだ」

「黙れ」

紗那は不機嫌な顔を向けたが、すぐに無表情になった。

三宗は、菊丸が逃げた山に厳しい顔を向け、藩士たちに振り向く。

荷車のところまで歩んで行くと、菊丸を逃がした今井が、藩士たちに取り押さえられていた。

三宗と紗那に、藩士が告げる。

「杉谷村の生き残りだそうです」

教えたのは、菊丸との話を聞いていた人足だ。

紗那は、今井に冷酷な眼差しを向け、弓を引いて狙いを定めた。

三宗が人足に歩み寄り、懐から銭袋を出して手を入れる。

「よう知らせた」

足下に銀粒を投げてやると、男は目の色を変えて拾い集めた。

三宗は、藩士に押さえられている今井を見くだした。

「正直に答えよ。逃げた曲者は、公儀の隠密だな」

「知らぬ」

「おい、いいのか、命はないぞ」

三宗が言うや、紗那が弓矢を放った。

倒れたのは今井ではなく、捕らえられていた仲間だ。

今井が、紗那を睨む。

「罪なき者を何人殺せば気がすむのだ」

紗那は無表情で矢を番え、今度は人足に狙いを定めた。

三宗が、人足に歩み寄る。

「可哀想にな」

怯える人足の着物の襟《えり》をなおしてやり、今井に言う。

「このような真似をして、紗那様はお怒りだ。早く言わねば、罪なき者が容赦なく殺されるぞ」

狙いを定められた男が逃げようとしたが、藩士に取り押さえられ、悲鳴をあげた。

「た、頼む。言ってくれ。殺されちまう。女房と幼い子が帰りを待っているんだ」

紗那が弓矢を放とうとしたので、今井は叫んだ。

「そうだ！　奴は隠密だ！」

したり顔をした三宗が訊く。

「お前は何者だ。梅橋小彌太の仲間か」

「いかにも。女！　わたしを殺せ！」

紗那は聞く耳を持たぬ様子で、人足に狙いを付けたままだ。

三宗が一瞥し、今井に問う。

「貴様の名は」

「元藩士、今井健吾郎だ」

叫んだ今井が、三宗を睨み上げた。

「杉谷村で、貴様らに妻子を殺された。この恨み、晴らさずにおくものか」

「置かれている立場が分かっておらぬようだ。囚われの身で、どうやって仇を取る」

「逃げた公儀の隠密が、代わりに仇を取ってくれる。鉄砲の密造を知られたからには、貴様らのたくらみも終わりだ。我らを裏切った藩もな。さあ殺せ。あの世で貴様らが吠《ほ》え面《づら》をかくのを見ていてやる」

「おのれ、言わせておけばいい気になりおって。望みどおり首を刎ねてくれる」

三宗が抜刀して振り上げた。

「待たれよ、三宗殿」

「むっ」

三宗が、打ち下ろすのをやめて顔を向ける。

止めたのは、門内から現れた国家老の大木だった。

屈強そうな家来を従えて余裕の顔で歩んで来る大木を見た紗那が、弓を下ろした。

両腕を押さえられている今井の前に立った大木が、憎々しげな顔をする。

「公儀の隠密を助けたつもりだろうが、深い谷と川に囲まれた領内から出るには、三ヵ所の橋を通らねばならぬ。橋は鉄砲隊が守っておるゆえ、逃げられはせぬ」

あざ笑う大木に、今井は言い返す。

「旗本に伝わればそれまでだ」

「馬鹿め。宿所は我がほうの兵が囲んでおる。伝える前に見つけ出し、始末してくれるわ」

歯を食いしばる今井を見くだした大木が、紗那に顔を向けた。

「紗那様、逃げた隠密の片割れは、梅橋小彌太に与する元助なる者が匿っているとの密告がござる」

「そうか。ならば、小彌太もろとも皆殺しにするまでだ」

きびすを返す紗那に三宗が続き、背中に語りかける。

「この地にくすぶる反乱の火種を消せば、翔様がお喜びになりましょう。抜かりなく、始末しましょうぞ」

紗那は振り向きもせず、足を速めた。

大木が今井に向く。

「ここで殺しはせぬぞ。わしに逆らう者がどうなるか、とくと見ておるがよい。連れて行け」

「はは」

藩士に立たされた今井は殺せと叫んだが、六尺棒で腹を打たれて苦しみ、門内に引きずられていった。

大木は、恐怖のあまり首を垂《た》れている人足たちに柔和な顔で言う。

「お前たちは何も案ずることはないぞ。藩のために黙って働きさえすれば、命は取らぬ。密告をして手柄を挙げれば、褒美《ほうび》もやる。さあ、働け。荷を運び入れるのじゃ」

「皆の者、荷を運べ」

藩士の命に応じた男たちは、荷車を押して門内へ入って行く。

険しい顔で見守った大木は、荷車の列に続いて門内に入ろうとしたのだが、切り通しの道を馳《は》せて来る蹄《ひづめ》の音に気付き、立ち止まった。

馬に乗るのは配下の藩士と分かり、いぶかしげな顔をする。

警固の藩士が両手を広げて止めると、下馬した藩士が切迫した顔で片膝をついた。

「御家老、急ぎ城へお戻りください！」

「いかがしたのじゃ」

「梅橋小彌太の手の者が、村人を集めて蜂起いたしました。高田の牢獄を襲うて仲間を救い、村を二つ掌握して城下に迫っているとのことです」

警固の藩士が問う。

「敵の数は」

「分かりませぬが、宿所を囲む兵の中には村から徴収した雑兵もおりますので、蜂起を知って寝返るやもしれませぬ」

大木は慌てた。

「その者どもを城へ入れて監視するのじゃ。すぐに馬をもて」

「はは」

「貴様は折り返し、宿所を囲む兵を城へ戻せ。急げ」

大木に命じられた藩士が、馬に飛び乗って山を駆け下りた。

引き出された己の馬に乗った大木は、何ごとかと問う三宗に謀反を告げるや、警固の藩士を引き連れて城へ急いだ。

三宗が紗那に言う。

「これは罠《わな》かもしれませぬ。我らは宿所へまいりましょう」

紗那は応じて、馬に乗って山を駆け下りた。

四

善衛門が信平の元へ駆け込んだのは、日が暮れた頃だった。

「殿、兵が引き上げますぞ」

「さようか」

信平は、動かなかった。

鈴蔵と菊丸が証をつかんで戻れば、伊次の役目が終わる。あとは、命を守って布田藩の領地を出るのみだ。

伊次たちを巻き込まぬためにも、国家老と一戦を交えるつもりは信平の頭にはなかったのだ。

永井が部屋に入ってきた。

「国家老の政《まつりごと》に異を唱える者たちが反乱を起こしたようです。兵は騒動を鎮めるために戻されたのでしょう」

「ふむ。鈴蔵と菊丸が証を持って戻れば、ここを発つ。伊次殿にさよう伝えてくれ」

「承知」

部屋から出ようとした永井が、信平に言う。

「菊丸が戻ったようです」

裏庭に人影が座ったのはその直後だ。

永井が廊下に出て、菊丸を促す。

音もなく部屋に入った菊丸が、信平に頭を下げる。

「鈴蔵はいかがした」

「山中を探っている時、不覚にも敵に見つかり、二手に分かれました」

「捕まったか」

「分かりませせぬ」

信平は案じたが、鈴蔵の気配を察して庭を見た。

廊下にいた永井が庭に下り、戻った鈴蔵を労《ねぎら》いつつ、部屋に連れて来た。

肩と腕に傷を負っている鈴蔵は、菊丸が戻っていたので安堵の顔をした。

「生きておられたか」

「おぬしも」

互いに喜びの笑みを浮かべ、揃って信平の前に座った。

「二人ともご苦労だった。鈴蔵、怪我の具合はどうじゃ」

心配する信平に、鈴蔵は神妙に答える。

「大事ございませぬ。危ないところを、川村殿に助けられました」

信平は驚いた。

「生きておられるのか」

「はい。川村殿は、梅橋小彌太と申すお方に命を救われ、今はその恩を返しておられます」

「反乱に加わっているのか」

鈴蔵は首を横に振る。

「反乱は起きておりませぬ」

「どういうことだ」

訊く永井に、鈴蔵が顔を向けた。

「宿所を囲む兵を退《ひ》かせるための策にござる」

梅橋小彌太は、高田の牢獄を急襲して同志を助け出したあと、村を二つ掌握したのだが、そこからは動かず、城に攻め入るという嘘の情報を流していたのだ。

「すべては、これを殿にお届けするための策にござる」

鈴蔵が、川村から預かった書状を差し出した。

「鉄砲密造の証だと申されましたが、作られた鉄砲がどこに運ばれているかまでは分かっておりませぬ」

「それならば、それがしが突き止めてござる」

菊丸が膝を進め、北の山中に隠されていることを告げた。

「そこに行くには切り通しの一本道のみのため、守りは極めて堅く、我らのみでは困難かと」

善衛門が口を挟んだ。

「殿、鉄砲を撃ちかけられますと、ひとたまりもござらぬぞ」

「ふむ」

信平は考えた。

五味は鉄砲と聞き、不安そうな顔をしている。

頼母が口を開いたのは、程なくのことだ。

「ここは、無理をしてはなりませぬ。証を持って一旦領地を出て、御公儀に指示を仰いだほうがよろしいかと。近くには、福山藩、津山《つやま》藩、広島《ひろしま》藩、松江《まつえ》藩などの有力な大名がおられます。上様が布田藩討伐の下知《げち》をなされば、国家老は降伏するのではないかと」

　善衛門が異を唱えた。

「それでは時がかかる。鉄砲を運び出されてしまうであろう」

「街道の封鎖だけでも先にするのです」

　頼母の意見を聞き、善衛門は信平に答えを求めた。

「殿、いかがなされます」

　信平はしばし考え、永井に顔を向けた。

「鉄砲密造の事実は、急ぎ知らせねばならぬ。京へ行ってくれるか」

「承知しました。菊丸」

　応じた菊丸が、信平から証の書状を受け取った。

「永井と共に行き、見たことを所司代殿に伝えてくれ」

「かしこまりました」

「我らはいかがします」

　訊く善衛門に、信平は言う。

「伊次殿を領境までお送りしたのちに、家老と神宮路の配下を捕らえに戻る。鈴蔵」

「はは」

「梅橋小彌太殿は、山を封鎖することに手を貸してくれそうか」

「川村殿に説得を頼んでみます」

「家老の手勢は多い。麿たちが戻るまで、一戦交えぬよう頼む」

「はは」

「伊次殿には、麿から伝えよう」

「ではそれがしもお供を」

善衛門が立ち上がったので、信平は共に部屋を出て、表に向かった。

屋敷の敷地に悲鳴が響いたのは、廊下を歩んでいた時だ。

「殿」

「うむ」

尋常でない騒ぎに、信平は伊次の元に走る。すると、伊次の徒衆が、襲ってきた黒装束の曲者と戦っていた。

駆け付ける信平の目前で、一人、二人と斬り倒され、黒装束の曲者が廊下に駆け上がった。

「善衛門、鈴蔵を永井殿の元へ走らせ、皆を呼んでくれ」

「承知」

信平は走り、寝所に入ろうとしている曲者に迫る。

気付いた曲者が刀を振るってきたが、刃をかわして首を手刀で打ち、気絶させた。

別の曲者が斬りかかったが、奪った刀で受け流し、手首を切断する。

呻き声をあげて庭に転げ落ちる曲者を一瞥した信平は、寝所に入った。

「おお、信平様」

安堵する馬淵の後ろで、伊次は青い顔をして、書物を胸に抱きしめていた。

「な、何ごとでござる」

「神宮路の手の者に違いない」

信平は、唸りをあげて迫る弓矢を斬り飛ばした。

闇の庭に潜む気配に鋭い眼差しを向ける。

「弓の紗那か」

言った刹那、二本目が飛んで来た。

刀で弾いた信平は、切っ先を襖に突き入れる。

「ぐああ!」

呻き声をあげて襖ごと倒れ伏した黒装束の曲者に、伊次が息を呑む。

「殿！」

叫びつつ加勢に来る善衛門に、信平が命じる。

「弓矢に気をつけよ。明かりを灯《とも》せ」

「承知」

善衛門が応じた刹那、襖を開けて佐吉と厳治が現れ、信平の前を守った。

佐吉が怒鳴り、厳治が朱槍を構える。

「姿を見せよ！」

唸りをあげた弓矢が迫り、厳治が咄嗟にさけようとしたが腕の着物をかすめ、顔を歪める。

「おのれ！」

朱槍を振るって庭に下り、斬りかかった曲者を打ち倒した。

善衛門に命じられて松明《たいまつ》を持って来た五味と伊次の家来たちが、庭に置かれていた篝《かがり》の薪に火を入れた。

薪が燃え上がり、炎の明かりに曲者どもが浮かび上がる。

黒装束を纏った十数名の曲者が、じりじりと迫りはじめる。

佐吉が大太刀をにぎり、厳治に言う。

「行くぞ！」

「おう！」

大音声の気合をかけて庭に飛び下りた厳治が、朱槍を振るって曲者をなぎ倒した。

佐吉が突撃し、大太刀で曲者の刀を弾き飛ばし、大上段から打ち下ろす。

二人の豪傑が、凄まじい勢いで曲者を倒していく。

五味も槍を取って加勢し、曲者どもは押されはじめた。

紗那は冷静な眼差しで弓を引き、佐吉めがけて放つ。

「うお！」

喉に迫る矢に佐吉が目を見張って動きを止めた。だが、貫いたのは佐吉の喉ではなく、閉じた扇だった。

紗那に迫っていた信平が、佐吉に放たれた矢を受け止めていたのだ。

息を呑んで尻餅をつく佐吉の前に信平が立ち、紗那を見据える。

「鉄砲密造の証はつかんだ。もはやこれまでじゃ。あきらめよ」

紗那は答えず、薄い笑みを浮かべて弓を捨て、小太刀を抜いた。

「死ね！」

叫ぶや、猛然と前に出る。

鋭く振るわれた小太刀を飛びすさってかわした信平。

紗那は信平を追って飛び、隙がある胸を突いてきた。

迫る切っ先を冷静に見切った信平は、身を転じてかわし、紗那の手首をつかんで投げる。

宙返りをして立った紗那が、後ろ蹴りで信平の腕を狙う。

両手で受けたが力が凄まじく、飛ばされて背中を壁に打ち付けた信平は、痛みに顔を歪めて片膝をついた。

紗那が迫る。

「殿!」

厳治が紗那に朱槍を突き出した。

紗那は飛び上がって槍の柄を踏み台にし、厳治の顔面に膝蹴りを入れた。

「うっ」

鼻血をたらしながらうずくまる厳治を見くだした紗那が、信平に真顔を向ける。

目の輝きを失った顔は、情を感じられない。

「下がれ、厳治」

信平が命じると、佐吉が厳治の前に立ち、紗那に刀を向けた。

善衛門が信平に歩み寄る。

「殿、お刀を」

差し出された狐丸をつかんだ信平は、抜刀して紗那に対峙した。

紗那が睨み、猛然と襲いかかって来た。

袈裟懸けに打ち下ろされた一撃を見切った信平が、身を転じてかわし、狐丸を振るう。

肩を峰打ちにされた紗那が、呻き声をあげて片膝をついた。

立ち上がろうとする紗那の刀を打ち落とした信平が、眼前に狐丸を突き付ける。

鋭い切っ先に顎を上げた紗那が、目をそらす。

「お待ちを！」

叫んで割って入ったのは、伊次だ。

「この者は操られているだけです。命ばかりはお助けください」

「殿！」

馬淵が止めたが、伊次は応じない。

「お願いです信平様、悪いのは呪詛をかけて操る者です。目をご覧なさい、別人の目が見えるはずです」

紗那をかばう伊次の熱意に押されて、信平は息を吐いて狐丸を下ろした。

「どうした紗那。殺せ!」

闇からした声に、紗那がびくりと反応し、伊次を羽交《はが》い締《じ》めにした。

首を絞める紗那に、伊次は顔を真っ赤にしてもがいた。

五味が紗那に飛び付き、腕をつかんで離そうとするが、力負けしている。

「この、離さぬか」

頼母が手を貸し、ようやく離れた。

「手をつかんでおれ」

五味が懐から縄を出し、慣れた手つきで縛り上げたが、紗那は抗《あらが》い、五味の顔面に頭突《ずつ》きした。

「痛っ!」

片手で口を押さえて辛そうな顔をしながらも、五味は紗那を離さない。

信平は、気配がある屋根の上を見据えていた。

「この者を操っているのは、貴様だな」

鋭い眼差しを向ける信平に姿を見せたのは、三宗だ。

「貴様、信平と呼ばれていたが、翔様に抗う鷹司《たかつかさ》松平《まつだいら》信平か」

信平は答えない。

三宗がほくそ笑む。

「良いのか、このようなところにいても。我らの邪魔をすれば、妻子の命はないと言われているのではないのか」

「妻子には、指一本触れさせぬ」

信平は狐丸から小柄《こづか》を抜き、三宗に投げ打った。

抜刀術で弾き飛ばした三宗が、捕らえられた紗那に怒りの目を向ける。

「使えぬ女じゃ」

言うなり、飛び下りた。

紗那めがけて刀を唐竹割《からたけわ》りに打ち下ろしたが、伊次が抱き寄せてかばった。

信平が三宗に迫り、伊次を守って対峙する。

「こしゃくな若造め」

三宗が刀を振り上げて斬りかかった。

信平は太刀筋を見切ってかわし、狐丸を一閃する。

大きく飛びすさってかわした三宗が、信平を睨んで右腕を押さえた。手首に赤い血が流れる。

「紗那を助けたところで、わたしを殺さねば呪縛《じゅばく》は解けぬ。死ぬまで意のままよ」

不気味な笑みを浮かべた三宗は、恐るべき跳躍を見せて屋根に上がった。

「追え！」

馬淵が叫び、家中の者が屋根を見上げて捜したが、三宗は屋根から屋根へ飛び移り、宿所の外へ出た。

佐吉たちが追って出たが、三宗は馬を馳せ、城とは反対の道へ逃げた。

戻った佐吉から聞いた信平は、三宗は布田藩を捨てて逃げたに違いないと思い、紗那に目を向ける。

伊次が懇願《こんがん》した。

「信平様、京へ連れて行ってくだされ」

「その前に、やることがある」

信平は、気配がある格子窓を見た。

宿所の母屋の部屋に潜み、格子窓から見ていた阿久津が、唇を震わせた。

「まさか、あの、弓の紗那様が負けるとは」

しかも、捕らえたのは将軍家縁者の信平である。とんでもないことになったと慌てた阿久津は、信平と目が合った気がして窓際から後ずさり、部屋にいる配下に顔を向けた。

「し、城に戻り、御家老にお知らせする。急げ」

震える手で刀を帯に差し入れた阿久津は、先に部屋を出た。

暗い廊下を歩み、玄関に向かう。

蠟燭の明かりが漏れる部屋の角を曲がった阿久津の目の前に、青白く輝く刀が突き出された。

「ひいい」

顔を引きつらせて悲鳴をあげた阿久津が尻餅をつく。

配下の二人が刀に手をかけたが、現れた信平を見て、慌てて手を離した。

善衛門が信平の後ろから現れ、阿久津に言う。

「世話役殿、殿を城へ案内してもらおう。抗えば即刻首を刎ねる。命が惜しくば、わしの言うとおりにいたせ」

「な、なんなりと、お命じください」

「うむ」

善衛門は、平伏する阿久津の耳元でささやいた。

悲愴な顔を上げる阿久津に、善衛門が睨みをきかせて肩をたたく。

「できるな」

観念した阿久津は、うな垂れて承知した。

五

城で指揮を執《と》り、反乱の手勢を率いる梅橋小彌太を待ち構えていた大木は、いつまでも現れないので余裕を取り戻していた。

「梅橋め、さては恐れをなしてあきらめたな」

側近の侍が、城を出て攻めることを進言したが、大木は動かなかった。

「宿所に向かった紗那様は戻らぬか」

「戻られませぬ」

「何かあったのかもしれぬ。臆病風に吹かれた梅橋よりも旗本が心配だ。兵を戻せ」

応じた側近が動こうとした時、伝令が来た。

「申し上げます。梅橋が率いる手勢が、鉄砲蔵に向かっているとのことです」

「何！」

大木は焦った。

「あの鉄砲を奪われると、神宮路様に殺される。急ぎ兵を行かせよ。門を破られる前に挟み撃ちにするのじゃ」

「はは！」

「我らもまいるぞ」

「旗本はいかがなされます」

「こうなっては構っておれぬ。恐ろしいのは神宮路様だ」

大木が太刀をにぎった時、小姓が廊下に現れた。

「今度はなんじゃ！」

苛立つ大木に、小姓が告げる。

「阿久津殿が玉野伊次殿の一行と城に入られました」

「何じゃと。どういうことじゃ」

「病が治ったので出立するとのこと。御家老にお礼のあいさつをしたいと申されております」

「こんな夜中に発つと申すか」

「遅れを取り戻すためだそうです」

「相手をしている暇はない。いや、待て。紗那様はどうしたのじゃ」

「分かりませぬ」

大木はいぶかしげな顔をした。

側近が言う。

「捕らえられたのでは」

「馬鹿な、あり得ぬ」

「しかし、戻られませぬ」

爪を噛みながら考える大木に、別の側近が言う。

「梅橋が旗本と繋がっているのではございませぬか」

大木は焦った。

「そうであれば、我らはしまいじゃ」

「旗本を殺しますか」

「たわけ、そのようなことをすれば、江戸の殿がお咎めを受ける。あの旗本が梅橋と結託《けったく》しているとは思えぬ。阿久津が連れて来たのなら、まことに病が治ったに違いない。会《お》うてこの目で確かめる」

「怪しいところがあれば、殺すしかないかと」

「よし。武者隠しに人を集めておけ」

「鉄砲蔵はいかがいたしますか」

大木は険しい顔をした。

「ここで兵が動けばいらぬ詮索《せんさく》をされる。すぐ追い出すゆえ、いつでも出られるようにしておけ」

「はは」

「阿久津に旗本を案内させろ」

小姓が頭を下げて去った。

側近の一人は手の者を集めに行く。

大木は配下を一人従えて書院の間に座り、伊次を待った。

程なく小姓が現れ、伊次が来たことを告げたが、様子がおかしい。

「いかがしたのだ」

「そ、それが」

戸惑う小姓の背後から阿久津が現れ、続いて伊次が入ってきた。

怯えた顔をするのは阿久津のほうで、伊次は先日会った時とは別人のように、勇ましい顔つきで大木の前に現れた。

大木が頭を下げ、手ぶりで上座を促した。

伊次は従わずに、廊下に向かって片膝をついた。すると、佐吉と厳治が伊次の駕籠を担いで入ったので、大木が不機嫌な顔をする。

「玉野殿、この振る舞いはいかがしたことにござる。無礼でござろう」

大木の威圧に、伊次は屈しなかった。

善衛門と馬淵が現れ、五味と頼母が続いて入ってきたので、大木が膝を転じて立ち上がった。

「阿久津、これはどういうことじゃ！」

「申しわけございません」

阿久津は泣きっ面で言い、逃げ去った。

ただならぬことに大木が目を見張り、声を荒らげる。

「曲者じゃ！　出あえい！」

武者隠しから側近と藩士たちが数名現れた時、五味が駕籠の前に座った。

「何も言うておらぬのに本性を現しましたぞ」

駕籠の戸が開けられ、中から現れた白い狩衣姿に、大木らが絶句する。

「な、何奴」

五味がずいと前に出て、得意顔で告げる。

「知らぬなら教えてやろう。こちらにおわすは、将軍家縁者、鷹司松平信平殿だ」

「の、信平。貴様が」

「貴様とは無礼な。やはり、将軍家に背いて悪党に与しているな」

大木らが抜刀したので、五味は下がった。

藩士が気合をかけて信平に斬りかかったが、厳治が朱槍の石突《いしづき》で腹を打ち、押し返す。

藩士は腹を抱えて、うずくまった。

目を見張る大木に、信平が言う。

「鉄砲密造の動かぬ証は我らの手のうちにある。あきらめよ」

「もはやこれまでか。ならば、その首を神宮路様への手土産《てみやげ》にしてくれる。者ども、信平を斬れば褒美は望むままぞ！」

「おう！」

「兵を呼べ！」

大木に応じて小姓が走ったが、永井の配下が庭に現れ、手裏剣を投げて倒した。

「やあ！」

藩士が前に出て、信平に斬りかかった。

佐吉が大太刀を振るって藩士を下がらせ、

「おう！」

大音声の気合と共に突進した。

斬りかかる藩士の刀を、薙刀のような大太刀で弾き飛ばし、襟首をつかんで投げた。

頭から障子を突き破った藩士が庭に突っ伏して気絶する。

厳治も負けじと佐吉に続き、たった二人で大木を守る藩士十数名を打ち倒してしまった。

逃げようとした大木の眼前に朱槍を突き出した厳治が、恐ろしい形相をする。

崩れるように両膝をついた大木が、恨みに満ちた目を信平に向け、脇差を抜いて自害しようとした。

咄嗟に槍で打ち落とした厳治が、大木を押さえ込む。

「離せ。離せ！」

抗う大木の前に歩み寄った信平が、厳しい顔で言う。

「そちは京都所司代《しょしだい》に引き渡す。厳しい調べがあると覚悟いたせ」

「ふ、ふ、ふ。甘い、甘いぞ信平。我らの結束は固い。しくじった者は、神宮路様にこうして忠誠を誓うのだ！」

大木は厳治を突き放し、口に毒を含もうとしたが、信平が投げた小柄が手の甲に突き刺さり、包みを落とした。

手を伸ばす大木の首を厳治が槍で打ち、気絶させた。

伊次が不安そうな顔を信平に向ける。

「あのおなごは大丈夫でしょうか。自ら命を絶ちませぬか」

振り向いた信平が答える。

「案ずるな。永井殿が薬で眠らせている。御公儀の者が到着次第、呪詛を解きに京に連れてまいろう」

伊次は安堵し、頭を下げた。

翌朝、鉄砲蔵を急襲して掌握した川村弥一郎に再会した信平は、梅橋小彌太と面会し、公儀の沙汰を待つように告げた。

「悪事に手を貸した藩には厳しい沙汰がくだされようが、民百姓のためにも、堪えて励んでくれ」

「承知いたしました」

両手をつく小彌太を信じた信平は、弥一郎にあとを託して城を出た。

伊次と共に、大木と紗那を連れて京にのぼったのは、梅の蕾《つぼみ》が色づきはじめた頃だった。

第四話　復讐《ふくしゅう》の炎

一

神宮路翔は、宗之介を京に向かわせて程なく長崎を発ち、大池《おおいけ》の湖畔にある拠点に入っていた。

淀城《よどじょう》の東側にある大池（後の巨椋池《おぐらいけ》）は、晩年に伏見城《ふしみじょう》へ居を移した太閤秀吉《たいこうひでよし》が堤《つつみ》を築いて河川改修をおこない、大坂城と水路で結んだことで大きく姿を変えた。以後、時の権力者となった家康も手を加え、京と大坂を結ぶ中間にある大池は今にいたっている。

名のごとく、対岸が遠く霞むほど大きな池には多くの舟が行き交い、鯉や鮒《ふな》、しじみといった漁が盛んだ。

神宮路は、京と大坂を睨めるこの地に早くから目を付け、時をかけて少しずつ建物を増して今の拠点を構えていた。

　五つに区切られた板塀と、藁葺《わらぶ》き屋根の門が五ヵ所ある外観は、まるで、大店《おおだな》の別宅が五軒ほど並んでいるようなのだが、そのすべてが神宮路のものである。

　中は、長崎の拠点と同じように侵入者を殺《あや》める堀がめぐらされ、人目に付かぬ場で監視の目が光り、城塞そのものだ。

　大池には直接舟で出ることもでき、神宮路は、大坂湾から猪牙舟で淀川を遡《さかのぼ》って入っていた。

　大池を見下ろせる部屋にいる神宮路は、つい先ほど戻った手の者から、布田藩の大木兼定が捕らえられたことを知らされたのだが、怒るでもなく手の者を下がらせ、椅子に座ったまま沈黙して、池を眺めている。

　部屋に立って控えている側近の軍司が、何も言わぬ神宮路に歩み寄り、長卓に置かれている葡萄酒を取り、空の硝子の器を満たした。

　一口飲んだ神宮路が、器を見つめて鼻先で笑う。

「信平め、江戸で大人しくしているのかと思えば、玉野の行列に紛れて布田に入ったとはな」

「我らの忠告を無視するとは、許せませぬ。妻子を殺す役目、わたしにお命じください」

「信平は布田で堂々と名乗った。一度狙われた紀州の屋敷に、妻子はいまい」

「江戸からは出ておらぬはずですから、必ず見つけ出します」

神宮路は葡萄酒を飲み、顔を池に向ける。陽光に輝く水面を見つめる目が、険しい光を帯びている。

「信平は今どこにいる」

「大木と紗那を連れて布田を発ったところまでは分かっておりますが、以後は把握できておりませぬ。跡をつけていた手の者はおそらく、信平に倒されたものかと」

「何もしておらぬのか」

「いえ、方々手を尽くし探させております」

神宮路は器の葡萄酒を見つめながら言う。

「妻子のことはもうよい。信平を見つけ次第殺せ」

軍司が意外そうな顔をした。

「信平を倒せるのは神宮路様か宗之介しかおらぬと思いますが、宗之介にやらせますか」

「奴には、今の仕事に専念させる」

「では、誰に……」

「鹿野《しかの》万治《まんじ》にやらせろ」

軍司が、なるほど、と言って感心する。

「鉄砲の名手に狙わせて、出来上がったばかりの新式銃を試すおつもりですな」

「そういうことだ」

「承知しました。ところで、布田藩のことでございますが、信平が絡んでいたからには、改易《かいえき》は免れぬものと思われます。宗之介を行かせるべきでした。あのたたらを失うのは、多少の痛手になろうかと」

探るような目を向ける軍司に、神宮路はほくそ笑み、硝子の器を長卓に戻して立ち上がった。

「布田で作らせた鉄砲は、鉄の質を確かめるだけのもの。いずれは、公儀の隠密が探り当てると見越していたのだ。信平が来るとは思わなかったので、このように早く失ったのは誤算だが、これで良い。鉄は他からも手に入る。布田藩が改易になれば、浪人が出る。その者どもを金で雇え」

「かしこまりました。無様《ぶざま》に逃げ帰った三宗めの始末は、いかがいたしましょう」

「奴は今どこにいる」

「六波羅《ろくはら》の家におります。翔様にお詫びしたいと申しておりますが、首を刎ねますか」

「奴はわたしに呪詛をかけようとしたので殺すつもりだったが、ひざまずいて忠義を誓い、紗那を連れて来たのでこれまで生かしていた。首を刎ねるのは容易いが、それでは紗那の呪詛が消えてしまう。紗那の行方が分かるまで、家から出るなと伝えよ」

「生かすのですか」

「言わなくとも、わたしの考えは分かるはずだぞ、軍司」

「買いかぶりすぎです。先の先まで見られている翔様には、遠く及びませぬ」

「紗那が正気に戻れば、必ず三宗を探すとは思わぬか」

軍司が、合点《がてん》がいった顔をした。

「紗那のことを忘れていました。確かに、翔様のおっしゃるとおりです」

「では、分かるな」

「抜かりのないようにいたします」

廊下に配下の者が現れ、来客を告げた。

「淀屋の正一《しょういち》殿が、お目通りを願っております」

軍司が神宮路に言う。

「布田藩のことで、広島藩が何か言うて来たのかもしれませぬ」

「通せ」

「はは」

配下が下がって程なく、中年の商人が廊下に現れ、正座して頭を下げた。

淀屋は、今は徳川譜代の大名のものになっている淀城下に店を構える、鉄物問屋《かなものどんや》だ。

あるじの正一は神宮路の配下であり、この拠点も、正一が陣頭指揮を執って完成させていた。

「正一、遠慮せずに入れ」

「はは」

三十代後半の正一は、椅子に座る神宮路の前に正座し、不安そうな顔をした。

「先ほど、広島藩の松崎《まつざき》殿が店を訪ね、鉄を横流しするのを当分控えたいなどと言い、説得も聞かず帰ってしまいました。申しわけございませぬ」

平身低頭して詫びる正一に、神宮路は険しい顔をした。

苛立ちの声をあげたのは軍司だ。

「理由はなんだ」

「布田藩が鉄砲の密造をしていたことが耳に入ったらしく、隣国で鉄を持つ浅野家《あさの》では、公儀の目を恐れて、鉄砲にも使える鉄を作るのを当面のあいだ止めることが決まったそうです」

「浅野家は、お前が我らの仲間だと知っているのか」

「いえ。包丁《ほうちょう》などの材料として仕入れていましたので、その疑いはないかと」

神宮路が言う。

「藩の要《かなめ》ともいえる鉄を作るのをやめることで、我らと繋がっていない証を示そうとしているのだ。正一、今ある物で、鉄砲をどれほど作れる」

「一万は可能かと」

「それだけあれば十分だ。これからは、弾の材料を集めることに専念しろ」

「かしこまりました」

「島はどうなっている」

「来月には、すべての作業場が完成いたします」

「公儀が目をつけぬうちに一万の鉄砲を揃えられるよう急げ」

「はは。今日は、出来栄えを見ていただこうと持参いたしました」

一旦廊下に下がった正一が、紫の布に包んだ鉄砲を手に戻り、長卓に置き、開いて見せた。

「三十間（約五十五メートル）離れた場所から放たれた弾が、南蛮具足《ぐそく》の胴を撃ち抜きました」

配下の者が、撃ち抜かれた鉄の胴具を持って入ったのを見て、神宮路が問う。

「これを扱うには、鍛錬《たんれん》がいるだろうな」

「火薬の量を減らせばよろしいかと。鉄砲を撃ったことがない者に試し撃ちをさせましたところ、十間離れた場所で、この穴が空いております」

胴具の上側に空いている穴を示され、神宮路は満足そうな顔をした。

「いいだろう。これで進めてくれ」

「かしこまりました」

「くれぐれも、公儀の者に嗅ぎつけられぬようにな」

「御心配には及びませぬ。何せ、人が暮らさぬ島でございます。近づく船があれば、皆殺しにいたします」

頭を下げた正一は、鉄砲を置いて帰った。

神宮路は手に取って池に向けて構え、良いできだ、と言って軍司に投げ渡した。

軍司も構えてみて、感心した。

「布田藩で作らせていた物とは、別物ですね。ずしりと重い。威力もありますから、これを一万丁備えた軍勢ならば、徳川に勝てます」

「鹿野万治が来たら渡してやれ。布田藩を潰してくれた信平への、わたしからの褒美だ」

「鉛玉を、くれてやりますか」

軍司が笑ったので、神宮路も鼻で笑い、池に顔を向けた。

この時、すぐ近くの水路を京に急ぐ舟に信平が乗っていようとは、神宮路は知る由もなかった。

二

手足を縛られて駕籠に乗せられている紗那は、旅の途中で逃げようとしたことがあり、信平たちを困らせた。

布田から鞆の浦までは、途中で泊まらず強行し、船で大坂に入り、そこからは川舟で淀川をさかのぼった。

紗那は布田を発って以来何も口にしようとせず、隙あらば逃げようとしてばかりいたので、鈴蔵が眠り薬を混ぜた水を無理やり飲ませるなどして大人しくさせていた。

動かずとも、眠るだけで人は腹が減り、喉も渇く。

このままでは死んでしまうと伊次は慌て、目をさました紗那に、少しでも食べるよう説得し続けた。三日目になるとさすがに根負けして、僅かながら食事を口にしている。

大池の湖畔に神宮路翔がいようとは夢にも思わぬ信平は、日々弱っていく紗那を案じる伊次の頼みに応じて、京へ急いでいたのだ。

国家老の大木兼定は観念しているらしく、駕籠の中で大人しくしており、食事も黙って平らげ、手をわずらわせることはなかった。

ただ、必要なこと以外は口を一言もきかず、表情もない。

善衛門は、あの様子では、所司代殿もてこずるだろうと言い、嘆息を吐いた。

道中神宮路の配下に襲われることなく京へ到着した信平は、二条城《にじょうじょう》の南にある伊次の屋敷に入った。

屋敷には座敷牢があるというので、信平は紗那を伊次に託した。そして、大木兼定を佐吉たちに見張らせ、善衛門と共に二条城の北にある所司代屋敷を訪ねたのである。

所司代の牧野佐渡守親成《まきのさどのかみちかしげ》は驚きつつも、客間にいる信平の前に現れた時は、満面の笑みで迎えた。

「急の訪問をお許しくだされ」

頭を下げる信平に、牧野は嬉しそうに言う。

「なんの。嵯峨《さが》様のことでは（『公家武者信平ことはじめ㈩　第五話「宮中の華」』参照）世話になっておきながら、無沙汰をしておった」

牧野が善衛門に顔を向ける。

「葉山殿も、お元気そうで何より」

年寄り扱いされて、善衛門は口をむにむにとやったが、文句を言わずに顎を引いた。

牧野が身を乗り出す。

「信平殿、此度もわしを助けに来てくだされたのか」

信平が訊く顔をしたので、牧野はいささか、気落ちした顔をする。

「その顔は、わしの早合点のようだ。京へは、御実家を訪ねるために来られたか」

「いえ、御公儀のお役目で捕らえた者を所司代殿に引き渡したく、お願いに上がりました」

　牧野は表情を引き締めた。

「それは、何をした罪人だ」

「殿に代わってそれがしがお話しいたす」

　善衛門が膝を進め、これまでの経緯《いきさつ》を事細かく話して聞かせた。

　側近の者と黙って聞いていた牧野の顔が、次第に険しくなり、善衛門が話し終えた時には、口を引き締め、顔を紅潮させていた。

「布田藩といえば、藩主が身罷《みまか》られ、幼き嫡男に家督相続が許されたはず。幼君を助けて御家存続に励む立場の者が、こともあろうに神宮路一味に与するとは。許せぬ。わしは、西国大名を監視する所司代の立場にありながら、布田藩の不穏に気付けなかった。恥ずかしい限りじゃ」

　信平は首を振った。

「神宮路の正体は、未だ分かっておりませぬ。所司代殿には、大木兼定を引き取っていただき、一味のたくらみを暴いていただきとうございます」

「あい分かった。厳しく調べ、必ず悪の根源をしゃべらせる。増田《ました》、すぐに引き取ってまいれ」

命じられた側近が、ばつが悪そうな顔をした。

「殿、今は人手が……」

牧野が、そうであったと言い、顔をしかめた。

「すまぬ信平殿。動ける配下の者はことごとく町へ出ておるゆえ、罪人を引き取りに行ける者がおらぬ。連れて来てくれぬか」

所司代の下には、与力が五十人と百を超える同心がいるはず。その者たちに手すきがないというのは尋常ではない。

「何か、よからぬことが起きているのですか」

信平の問いに、牧野が神妙な顔でうなずく。

「先日江戸から、千成屋の者を捕らえるようお達しがあり、手の者を遣わしたのだが、与力と同心が斬られたのだ。その日を境に、見廻りをしていた与力と同心が大勢斬られている」

「なんと」

善衛門が目を見開いた。

「江戸と同じことが起きたと申されるか」

「江戸のことは聞いておったので、配下の者には用心させていたのだが、相手が悪かった。出たのだ、金のひょうたんを腰に下げた、朱鞘の剣士が」

善衛門が立ち上がった。

「ひょうたん剣士が出たですと！　して、何人斬られたのですか」

「与力が十二名に、同心は五十五人じゃ」

あまりの多さに絶句する善衛門の横で、信平が訊く。

「命を落とされた者は」

「命は取られておらぬ。皆、手足を斬られたのみじゃが、傷は深く、治るまで一月はかかる」

「ひょうたん剣士一人の仕業ですか」

「いや、一人ではない。少なくとも五人は仲間がいる。この者どもは厄介で、町人になりすまして道を歩き、人混みに紛れて斬りつけてくる。ここ十日ばかりは誰も斬られておらぬが、信平殿も、人混みは避けられよ」

「肝に銘じます。では、これより玉野殿の屋敷に戻り、大木兼定を連れてまいります」

「あい分かった。調べをする者を呼び戻しておくゆえ、よろしく頼む」

「承知しました。善衛門」

信平が立ち上がると、善衛門が応じて続いた。

牧野が家来に言う。

「増田、お前もゆけ」

「はは」

三人で伊次の屋敷に戻り、事情を話して大木を護送する人手を借りた信平は、佐吉と厳治、五味と頼母らには紗那を見張らせ、永井三十郎と鈴蔵にひょうたん剣士の探索を命じて所司代屋敷に向かった。

大木を無事に引き渡した信平は、善衛門を所司代屋敷に残して、一人で町へ出た。

夕暮れまでにはまだ一刻（約二時間）ばかりはありそうだったので、下鴨村《しもがもむら》の照円寺《しょうえんじ》の裏に暮らす師匠道謙を訪ねた。

以前に訪ねた時と変わらぬ家の様子に、信平は安堵した。齢《よわい》を重ねている道謙とは長らく文を交わしていないので、住む者が代わっていやしまいかと、こころのどこかで案じていたのだ。

家に近づいた時、心配がまったく無用であったことが分かった。

閉められた障子の中から、若妻のおとみに「一緒に風呂に入ろう」と誘う道謙の声が聞こえたのだ。

邪魔をするのが悪いような気がした信平であるが、日延べをする余裕はない。静かに歩みを進め、会話が途切れた時を見計らって訪《おとな》いを入れようとした信平であるが、家の中から怒鳴られた。

「未熟者！　こそこそせずにさっさと上がれ」

「なんですいきなり。誰におっしゃっているのですか」

おとみの不服そうな声がして、障子が開けられた。顔を覗かせたおとみが、狩衣姿の信平に瞠目した。

「おや、信平様」

以前より垢《あかぬ》抜けた感じのおとみの後ろから道謙が顔を出したので、信平は、きまり悪げな顔で頭を下げた。

「おじゃまかと思い、声をかけるのを躊躇《ためろ》うていました」

道謙が目を細めて疑わしそうな顔をする。

「そのわりには、気配が消えておらぬではないか」

「お元気そうで、何よりでございます」

「こ奴め、師匠たるわしを試しおったな」

信平が笑みを見せると、道謙も嬉しそうな笑みを浮かべた。

「寒い。さっさと上がれ」

「はは」

嬉しそうに迎えてくれるおとみに頭を下げ、縁側から上がった信平は、道謙の前に座り、改めて頭を下げた。

「長らくご無沙汰をしておりました」

「うむ。して、今日はいかがした。ただ顔を見にまいったわけではあるまい。所司代を悩ませている剣士のことか」

「ご存じでしたか」

「所司代が手を貸してくれと頼みにまいったゆえ、数日町へ出ておる。が、一向に姿を見せぬ。わしは、すでに京から去っていると見ておる」

信平は神妙な顔でうなずき、その者とは江戸城で一戦交え、金のひょうたんを下げているのでひょうたん剣士と呼ばれていることを伝えた。

道謙が身を乗り出した。

「お前の鳳凰《ほうおう》の舞《まい》をもってしても、逃げられたと申すか」

「はい」

「それはかなりの遣い手じゃな。そうと分かっておれば真面目に捜したぞ。惜しいことをした」

好敵手を逃したとばかりに悔しがる道謙の肌の色艶は、昔よりも良くなっている気がして、信平は舌を巻いた。

道謙が厳しい眼差しを向ける。

「わしの剣技を会得《えとく》しておきながら負けるとは情けない奴じゃ。日々の修行が足りぬのではないか」

「負けてはおりませぬ」

「逃がしたのだから負けたも同じじゃ」

厳しい声に、信平は返す言葉もない。

「申しわけございませぬ」

「外に出よ。相手をしてやる」

「はは」

二人は立ち上がったのだが、台所に立っていたおとみが酒肴を調えて来た。

「お椀物が冷めてしまわぬうちにどうぞ」

「おお、そうであった。弟子よ、稽古はあとじゃ。おとみの椀物は旨いぞ」

膳の前に座れと促され、信平は従った。

「食べてみよ」

「では、いただきます」

葛《くず》と冬瓜《とうがん》の椀物は、海老《えび》の味が利いている。

「どうじゃ」

「大変良い味にございます」

道謙が満足そうな顔をして、膳から盃を取って信平に酌をせいと言うので、銚子を持ち、酒を注いだ。

一息に干した道謙が、旨そうに舌鼓《したつづみ》を打ち、盃を差し出す。

受けた信平はおとみに酌をされ、道謙に押しいただいて口に流した。

「して、用はなんじゃ」

信平は盃を返し、居住まいを正した。

「ふたたび、加茂光行殿のお力添えを賜りたく、お願いに上がりました」

道謙が右の眉毛を上げた。

「加茂のじじいじゃと。何ゆえじゃ」

「うら若いおなごが、呪詛をかけられて操られ、人を殺めておりましたのを捕らえました。加茂光行殿に祓《はら》っていただきたいのです」

「呪詛をかけた者は分かっておるのか」

「それらしき者はおりましたが、取り逃がしました」

道謙は信平の目をじっと見た。

「まさか、お前を操った佐間一族の者か」

「分かりませぬ。所司代殿の配下を斬ったひょうたん剣士を使うのは神宮路と名乗る謎の者ですが、おなごを操っていたのは、神宮路の配下と思われます」

徳川幕府に抗い、この世を乱そうとしている動きがあることを語ると、道謙は渋い顔をした。

「神宮路……。どこかで聞いたことがあるのう」

眉間の皺をさらに深め、何かを思い出そうとした道謙であったが、出てこなかった。

「まあよい。おなごが正気に戻れば、神宮路とやらの正体も分かろう。じゃが、加茂のじじいは近頃付き合いが悪うてな、酒に誘うても応じず家に引き籠もっておる。夜は特に出歩かぬので、話は明日じゃ。今夜は泊まれ」

「では、お言葉に甘えます」

道謙は椀を平らげ、おとみに旨かったと言って、立ち上がった。

「外へ出よ」

木太刀を渡された信平は、おとみに礼を言って外へ出た。

竹垣がめぐらされた裏庭に入った道謙が、木太刀を右手に下げ、信平に対峙した。

「まいれ」

顎を引いた信平は、木太刀を右手ににぎり、両手を広げた。その刹那、一足飛びに間合いを詰め、胸を狙って斬り上げる。

道謙は涼しい顔で切っ先を紙一重でかわすや、前に出て身を横に転じ信平の肩を打った。

信平は腰を折って一撃をかわし、道謙に打ちかかる。

木太刀で受けた道謙が、腹を滑らせて信平の胸を突く。

その速さたるや、尋常ではない。

胸を押さえた信平は、たまらず片膝をついた。道謙は以前にも増して、剣技が冴《さ》えている。

驚く信平に、木太刀を下げた道謙が鼻先で笑った。

「どうした。気が乱れておるぞ。腕も足も伸びておらぬ。守る者ができて、死を恐れておろう」

信平ははっとした。脳裏に、松姫と福千代の姿が浮かんだのだ。道謙の言うとおり、自分でも気づかぬうちに、妻子を残して死ねぬと思っているのかもしれない。

その気持ちを見透《みす》かすように、道謙が厳しい顔をする。

「刃を前に死を意識すれば、気力が相手に劣ると心得よ。ひょうたん剣士なる者の剣を前に、恐れを抱いたか」

「いえ」

「そのとおりだと顔に書いてある。強敵を前に足がすくむのは、日頃の鍛錬を怠っておるからじゃ」

羽織を脱ぎ捨てた道謙の剣気が、一段と増した。木太刀を両手で構え、鋭い眼差しを向ける。

「わしに一刀を浴びせるまでは、何があろうとここから帰さぬ。まいれ」

いつにも増して厳しい道謙に応じて、信平は立ち上がった。

ふっと、息を吐き、左足を前に出して右手を後ろに回し、腰を低く構える。

「良い面構えができるではないか」

道謙が言った刹那、信平は前に出た。

三

朝まで善衛門と二人で紗那の見張りをしていた五味が、交代をしにやって来た佐吉と厳治に、信平は帰ったか訊いた。

佐吉は首を振る。

「師匠と久々に会われたのだから、積もる話もあるのだろう」

五味は呆れた。

「こんな時に話し込むかね。もう二日目の朝だぞ」

「殿のことだ。心配はいらぬ」

呑気にあくびをする佐吉を横目に、五味は部屋に帰る善衛門を追った。

「ご隠居、やはり迎えに行ったほうがよろしいのでは？　二日も戻らぬとは妙ですぞ」

縁側を歩んでいる善衛門は、部屋に入って五味に言う。

「殿には殿のお考えあってのことだ。師匠のお宅へ行かれているのを迎えに行くというのは、出すぎたことじゃ」

「ひょうたん剣士が京で出たのですから、途中で何かあったのかもしれませんよ」

「殿に限って、倒されるようなことはない。縁起でもないことを申すな」

「それにしても二日は長すぎる。ちょいと、師匠の家の様子を見に行きませんか」

「何かあれば知らせが来る。それより今のうちに休んでおけ。昼からまた見張りぞ」

眠いと言って座る善衛門に、五味は不服そうだ。

「佐吉殿といい、よく平気でいられますね。どうにも胸騒ぎがするので、見て来ます」

「場所を覚えておるのか」

「下鴨村の、なんとかいう寺の裏でしたよね。行けば分かるでしょう」

「なんとかという寺などない。それにな、あのあたりは寺だらけだ。名も覚えておらぬのに行っても迷うだけぞ。戻った永井殿が言うておったではないか。ひょうたん剣士とその一味どもは、京にはおらぬ。おなごも大人しゅうしておるゆえ、おぬしもじっとしておれ」

「知りませんよ、何があっても」

いつもなら真っ先に心配する善衛門が動かぬので、五味は出かけるのをやめて横になったものの、すぐ起き上がって腹をさする。

「腹が減ったな。何かもらってこよう」

お初の味噌汁が飲みたいとつぶやきながら廊下を歩んでいた五味は、ふと、足を止めた。

何げなく庭に向いた時、椿《つばき》の花が枝から落ちるのを見てしまい、五味は首に手を当てていやそうな顔をした。

「まさか、首を刎ねられてはいまいな」

そう思いはじめるといやなことばかり頭に浮かび、どうにも心配になった五味は、善衛門の元へ引き返した。

「ご隠居、やはり心配です。師匠のお宅へ行きましょう」

手を引いて立たせると、善衛門は仕方なさそうに付いてまいれと言って、先に部屋を出た。

五味が後ろを歩きながら、ふっと笑って言う。

「なんやかんやと言われていましたが、実はご隠居も心配していたんじゃないですか」

「うるさい」

廊下で出会った頼母がどこに行くのか問うので、五味が信平を捜しに行くと告げた。

「ではわたしも」

紗那を見張っている佐吉と厳治を残し、三人は道謙の家に急いだ。

「確かこの先のはずじゃ」

見覚えのある道で足を速める善衛門に付いて行くと、藁葺きの農家から信平が出てきたところだった。

「それ言わんことか。殿はおられたではないか」

振り向いて言う善衛門の顔には、安堵の色が浮かんでいる。

「殿、殿」

嬉しげな声で呼びながら近づく善衛門。

戸口で中に向かって頭を下げていた信平が振り向いた。

歩み寄っていた善衛門が絶句した。

信平の頬と額には、激しい戦いを思わせる傷と、赤紫の痣《あざ》が浮いていたのだ。

「やっ！　そのお顔は、いかがなされたのです」

信平は微笑んだ。

「ちと、師匠に鍛え直された。知らせもせずに心配をかけた」

五味が痛そうな顔をして言う。

「どんだけ激しい修行をしたのです」

信平が黙っていると、驚きの顔で家を見ていた頼母が問うた。

「殿の師匠は、このようなぼろ屋にお住まいなのですか」

「いや、その」

ばつが悪そうな顔をする信平を見て、善衛門と佐吉が家に目を向ける。

雨戸は破れて垂れ下がり、植木は枝が折れている。桶は割れ、家の横にある小屋の柱は折れてかたむいていた。

「激しい修行をされたのですな」

驚きを通り越して呆れ気味の善衛門が、戸口から出てきた道謙とおとみに気付いて頭を下げた。

「御師匠様、お久しぶりにございます。葉山善衛門にございまする」

「おお、善衛門殿か。五味殿も、久しいのう」

「はい」

人懐っこい笑顔であいさつをした五味が、家を見ながら言う。

「厳しい修行をなされたそうですね」

道謙は五味にうなずきつつも、眼差しを頼母に向けた。

「見ぬ顔じゃな」

頼母が名乗り、信平に仕えていると言うと、道謙は目を細めた。

「頑固《がんこ》そうじゃが、なかなかに、良い面構えじゃ」

目を伏せた頼母が、修行で壊れた家の修繕をさせてくれと言うと、道謙が家に振り返った。

「気にせずともよい。一声かければ村の若い衆が集まり、半日もせぬうちに元どおりじゃ」

人を嫌って比叡山《ひえいざん》に隠棲《いんせい》していた道謙だったが、里に暮らすようになってからは、村に馴染《なじ》んでいる。おとみが、こっそり信平に教えてくれていた。

道謙が言う。

「愚弟子を鍛え直すのに日がかかった。紗那とやらの呪詛を解いてやらねばなるまい。加茂のじじいにはおとみが渡りをつけておるゆえ、付いてまいれ。急がねば、奴は日が暮れると動かなくなるでな。おとみ、留守を頼むぞ」

「お身体を痛めておいでなのですから、お気をつけてくださいましよ」

「なあに、弟子にまぐれで打たれたくらい、痛くもかゆくもないわい」

強がりを言う道謙であったが、木太刀で打たれた背中が痛むのか、身体を曲げて歩むので、信平が肩を貸した。

「駕籠を呼びましょう」

「いらぬ。歩いておれば治るわい」

肩を借りるのを嫌った道謙が、先に立って歩みを進めるのを見て、おとみがくすりと笑い、家に振り向く。荒れた家を見上げて、嵐のような修行を思い出したのか、腰に手を当て見回して呆れた顔をした。

「それにしても、よくまあここまで。旦那様は、長生きできそうだ」

あっけらかんとして、家の片づけをはじめるおとみであった。

鴨川《かもがわ》沿いの道をくだり、四条橋の袂《たもと》を左に曲がった道謙は、若者に劣らぬ健脚で通りを歩んでいる。

人通りが多いため、信平は牧野の忠告を守り、警戒を強めた。

祇園社《ぎおんしゃ》の門前を右に曲がった道謙は、境内の端の道を左に入り、裏手に回った。

落葉した楓《かえで》が並ぶ杜《もり》の小道に入って間もなく、板塀で囲まれた屋敷の前で道謙が立ち止まった。

「ここじゃ」

加茂光行の屋敷は祇園社裏の杜の中にあり、道ばたの梅の蕾がぽつぽつと開きはじめ、春の匂いがする今日は風もなく、聞こえるのは鳥のさえずりだけだった。

頼母が門扉《もんぴ》をたたいて訪いを入れた。

程なく閂《かんぬき》を外す音がして、扉が開いた。

顔を出したのは、色白の瓜実顔《うりざねがお》に、前髪を一の字に揃えた十代前半の娘だ。切れ長の目をぱちぱちとやり、顔が痛々しい信平のことを驚いたように見ている。

道謙が頼母の肩越しに顔を出した。

「わしじゃ。おじじに会いにまいった」

道謙に笑顔で応じた娘が戸口から身を引き、招き入れた。

「邪魔をするぞ」

先に入る道謙に続いて信平たちが門内に入ると、娘は玄関に誘い、枯山水《かれさんすい》の庭が見事な客間に通された。

先祖は陰陽師安倍晴明と互角の力を有したと自負するだけあり、加茂家の屋敷は質素だと思っていた信平を、好い意味で裏切るものだ。

道謙を上座に置いて一列に廊下に並んで座った信平たちは、先ほどの娘とは違う女中が出した茶菓をいただき、庭の景色を眺めながら加茂光行が現れるのを待った。

程なく、信平たちが茶を飲み終えるのを見ていたかのように、加茂光行が廊下に現れた。

その姿を見て、道謙が眉間に皺を寄せた。

「おぬし、病か」

狩衣こそ着ているが、鬢《びん》は乱れ、顔色も悪い。

咳を小刻みにした加茂光行は、気遣う道謙に鼻先で笑った。

「たいしたことではない。この冬の寒さがちとこたえただけじゃ」

「その身体では、弟子の頼みは聞いてくれそうもないな。信平、いかがする」

信平が返事をする前に、加茂光行が口を開いた。

「誰も力になれぬとは言うておらぬぞ。ぬしの手紙は読んだ。呪詛をかけられているおなごを連れてまいれ」

「よいのか」

念を押す道謙に、加茂光行はうなずく。

「孫の修行にはうってつけじゃ。金は、安くしておく」

「孫じゃと」

「さよう」

「修行に使うくせに金を取るのか」

加茂光行が咳き込み、耳に手を当てる。

「今なんと申した」

「こ奴め、食えぬ狸《たぬき》じゃ」

仮病を疑った道謙は信平の背中をたたき、頼るか頼らぬかはお前が決めろと言った。

信平は両手をつく。

「是非とも、お願いしとうございます」

「承った」

加茂光行が、すぐに連れて来いと言うので、信平は道謙を残して善衛門たちと客間を辞し、伊次の屋敷に急いだ。

頼母が歩きながら言う。

「殿、信用してよろしいのですか。いかにも怪しい老人でしたが」

「怪しいが、確かな術を持っておられる」

「弓の紗那を孫の修行に使わせて良いのですか。失敗すれば危のうございます」

「我らが付いておれば良いことじゃ」

足を速める信平に、頼母は従った。

屋敷に戻ってみると、紗那は薬で眠らされていた。

佐吉と厳治に座敷牢から出させて駕籠に乗せていると、伊次が供を願い出たので、信平は許した。

皆で警固をしつつ町中を歩み、加茂光行宅へ行くと、出迎えた若い男が、道場へまいりましょうと言って、屋敷の敷地の奥にある建物に案内した。

入り口に駕籠が置かれ、佐吉が紗那を担いで中に入る。

中堅の寺の本堂ほどある大きさの建物の中で通されたのは、剣術道場のような広さの板の間で、真ん中に畳が一畳敷かれただけの、殺風景な部屋だ。

「こちらに寝かせてください」

男に言われて、佐吉が紗那を寝かせた。

「少々お待ちを」

頭を下げた男が、加茂光行を呼びに行く。

程なく現れた道謙と加茂光行。その後ろにいる者を見て、善衛門と五味が驚きの顔を見合わせた。最初に信平たちを出迎えてくれた少女だったからだ。

善衛門と五味は、孫といっても大人の男だと勝手に思っていたのだ。

四

「孫娘であり、弟子の光音《みつね》じゃ」

加茂光行の横に座った光音が、信平に頭を下げた。

まだうら若い姿は、眠っている紗那に近いものがある。

信平は、よろしく頼む、と敬意を払ったが、伊次や善衛門たちは不安そうだ。

場の空気を察して、加茂光行が孫娘の肩を抱き寄せた。

「まだ十三じゃが、侮るなかれ。才は、わしよりもある。光音、お前の力を、皆に見せてやれ」

「はい」

狩衣でも巫女《みこ》の姿でもなく、桜色の着物に明るい紺色《こんいろ》の袴を着けた光音が、眠っている紗那の枕元で膝をつき、顔を覗き込んだ。

腰まで伸びた髪を絵元結《えもとゆい》でひとつに束ねている後ろ姿が、繊細で弱々しい。

じっと顔を覗き込んだまま、何もしようとしない光音の様子に、五味が信平に耳打ちをする。

「ほんとうに、大丈夫なのです？」

「今に分かる」

信平が見ている前で、紗那が呻き声をあげて目ざめた。

顔を覗き込む光音に目を見張り、背けようとしたのだが、金縛《かなしば》りにされたごとく動けない様子に、伊次たちが息を呑む。

善衛門が驚きの声を発しようとしたのを、信平が制した。

沈黙の中で、逃れようとする紗那の呻き声だけが聞こえる。

どのような技を使ったのかは分からぬが、見えぬ力で身体を押さえた光音は、紗那の額に左の人差し指と中指を揃えて当て、目を閉じて呪文《じゅもん》を唱えはじめた。

少女の美しい声が部屋に響くと、どういうわけか、その場にいる者たちの顔が穏やかになった。

だが、呪詛をかけられている紗那には地獄のような苦痛でしかないらしく、光音が呪文を唱える声に抑揚《よくよう》を加えるたびに悲鳴をあげはじめた。

「おのれ！　やめぬか！」

強気の紗那の声が、次第に怯えに変わってゆく。

「やめてくれ」

「やめてください」

それでも許さぬ光音が、顔を近づけて目を覗き込むと、紗那は瞼を大きく見開き、やがて、身体から力が抜け落ちた。

まるで息を引き取ったように見えたので、伊次が絶句した。

「どうなったのです。失敗したのですか」

うろたえて立ち上がる伊次を、佐吉が手を引いて座らせた。

「よう見られよ」

隣にいた信平は、悲愴な顔をする伊次を促した。

光音によって意識を戻された紗那は、呆然《ぼうぜん》とした顔で横になっている。

天井に向けられている眼差しは、これまでとはまったく違う、穏やかな乙女のものに変わっていた。

光音が耳元でささやくと、紗那は顔を向けて、無垢な笑みを浮かべた。

それを受け、光音が膝を転じて立ち上がり、信平の前で正座して両手をつく。

「呪詛を祓わせていただきました。縄を解かれても大丈夫です」

応じた信平が、佐吉に目配せをした。

　頭を下げる光音の首筋に、玉汗が浮いている。涼しい顔をしているが、か細い身体にはかなりの負担がのしかかるのだろう。

「見事です。光音殿」

　信平が労うと、顔を上げた光音が、恥じらうような笑みを見せて膝立ちになり、耳元でささやいた。

「魔眼の呪縛をお解きし、わたしの秘術をおかけしましたが、油断されませぬように」

「何ゆえじゃ」

「あのお方のこころに、復讐の炎が見えまする」

　信平は驚き、紗那を見た。

　佐吉に起こされ、縄を解かれている紗那は、先ほどとはまた変わって、酷く悲しい目をしている。

　離れて正面に座りなおした光音に、小声で訊く。

「操られていた時のことは、覚えているのか」

　光音は、こくりとうなずいた。

「さようか」

ご苦労だったと言うと、頭を下げた光音が、加茂光行の横に行って座った。

ようした、と、自慢の孫娘に優しい顔をする加茂光行。祖父に顔を向けた光音が、何ごとかを告げた。


紗那のことを話したのだろう。険しい顔つきとなった加茂光行が、道謙に耳打ちをした。


応じた道謙が、信平に言う。

「よう話を聞いてやるがよいぞ」

「はい」

すると、光音がふたたび加茂光行に何ごとかを話し、光行がうなずく。

様子を見ていた信平に、伊次が声をかけてきた。

「紗那殿は、どうなりますか」

「罪なき者を殺めているが、操られてしたこと。所司代殿がそこをどう判断されるかで、罰は決まるかと」

「顔を見てください。人を殺せるようなおなごではない」

気が抜けたような表情で座る紗那のことが、伊次は哀れでしかたがないのだ。

佐吉が立たせようとした時、紗那は怯えた顔をした。それを見た伊次が、信平に膝を転じて両手をつく。

「信平様」

「ふむ」

「所司代殿にお渡しする前に、呪詛をかけられた経緯を訊いてはいかがでしょう。弓の紗那と呼ばれる前は、どこで何をしていたのか、知っておくことが肝要かと」

そこで信平は、佐吉に連れ出すのを待たせた。

畳に座らせた紗那に、信平と伊次が歩み寄り、正面に座る。

紗那は、信平と目を合わせようとしない。

「麿のことを、覚えているのか」

顔をそらしていた紗那が、小さくうなずいた。布田の宿所で刃を交えたことを、覚えているのだ。

手を震わせて、動揺を隠せぬ紗那に訊く。

「では、人を殺めたことも覚えているのだな」

答える代わりに、紗那の目から光るものがこぼれ落ちた。それを機にとめどなく落ちる涙に、膝の上で組みしめられた手が濡れていく。

「抗おうにも、どうにもならなかったか」

紗那はうなずいた。

妖しい術で操られたことがある信平は、紗那の気持ちが痛いほど分かるだけに、哀れでならなかった。

「そなた、歳はいくつだ」

「十五でございます」

「呪詛をかけたのは、布田で共にいた男か」

こくりとうなずく。

「その者の名は」

「三宗です」

「神宮路翔の配下か」

「…………」

「恐れず、話してくれぬか」

紗那は、声を震わせた。

「そ、そうだと思います」

「神宮路は、今どこにいる」

辛そうな顔で首を振る姿に、伊次が口を出す。

「そなたを操っていた三宗がどこにいるか分かるか」

紗那が何か言おうとして口を閉ざしたのを、信平は見逃さなかった。

答えぬ紗那に、伊次が訊く。

「三宗に呪詛をかけられる前は、どこで何をしていたのだ。正直に話してくれ、そなたのためだ」

紗那は怯えた顔を上げて、信平と伊次を順に見ると、顔をうつむけた。

「わたしは、丹波《たんば》の武家に生まれました」

「紗那は、まことの名か」

「はい。父が付けてくれました」

伊次が身を乗り出す。

「そうか。武家と言うたが、大名か、それとも大名の家臣の娘か」

「父は、篠山藩《ささやまはん》にお仕えしていました」

「名は」

「水根《みずね》正信《まさのぶ》と申します」

信平が善衛門に顔を向け、調べるよう目配せをする。

応じた善衛門は、篠山藩の京屋敷へ向かった。

伊次が呪詛をかけられた時のことを訊くと、紗那は思い出したくないことを思い出したのか、急に叫び、頭を抱えて伏せた。

「紗那殿、いかがした。紗那殿」

うろたえた伊次が手を差し伸べたが、紗那は苦しみに泣き叫び、震えている。

そんな紗那を、伊次は抱きしめた。

「大丈夫。恐れずともよい。わたしが必ず助ける。そなたは操られていただけなのだ。そなたに罪はない」

五味が頼母に顔を寄せた。

「助けると言ってしまったな」

頼母は、神妙な顔を向ける。

「伊次殿が言われるとおりだと思いませぬか。哀れで、見ていられない」

腕組みをして紗那を見る五味の目は、町方同心の鋭いものになっている。

「確かに、芝居ではなさそうだ」

立ち上がった道謙が信平の後ろに座ったので、信平は膝を転じた。

「よもや、この娘を所司代に突き出しはすまいな」

「師匠……」

目を赤くしている道謙に、信平は困惑した。

道謙が言う。

「紗那は、性根の悪い娘ではない。助けてやれ」

伊次も両手をついてきた。

「信平様、紗那殿は話せる心境ではございませぬ。せめて、呪詛をかけられた時のことを話せるようになるまで、お待ちください。それまで、わたしが預からせていただきます」

「信平、そうしてやらぬか」

道謙と伊次の熱意に押された信平は、承諾した。

安堵した伊次が、紗那の背中にそっと手を当てる。

「紗那殿、気持ちが落ち着くまで、我が屋敷に来られよ。座敷牢ではないので、安心して良いのだぞ」

少しは落ち着いたのか、紗那は伊次の言葉に応じて、促されるままに立ち上がると、顔をうつむけて外へ歩んだ。

信平は紗那を見送り、眼差しを光音に向けた。

光音が、しっかりとした顔でうなずくので、信平は道謙と加茂光行に言う。

「これより、光音殿をお借りします」

加茂光行は、光音の頭をなでた。

「これは可愛い跡取り娘じゃ。危ない目に遭わさぬと約束してくれるか」

「この命に代えてお守りします」

加茂光行は快諾した。

「光音、信平殿から離れるでないぞ」

「はい。ではおじじ様、行ってまいります」

両手をついて頭を下げた光音が立ち上がり、信平のそばに来た。

「では、これにて」

信平は光音を連れて、伊次の屋敷に向かった。

この頃、大池の湖畔にある屋敷にいる神宮路の前に、聡明《そうめい》な顔つきをした若者が現れた。

「お召しにより、参上いたしました」

声に振り向いた神宮路が、唇に笑みを浮かべる。

「鹿野万治、待っておったぞ」

「はは」

「軍司から鉄砲を受け取ったか」

「先ほど」

「どう思う」

「試し撃ちをするまではは っきりしたことは申せませぬが、手にした限りでは、良いできかと」

「威力は、信平で試せ。奴は必ず三宗の家に来る。そこを狙うのだ」

「承知いたしました」

「失敗は許さぬぞ」

鹿野は頭を下げ、神宮路の前から去った。

椅子を池に向けた神宮路は、陽光に輝く水面に目を細める。

「信平の命も、これまでだ」

五

伊次の屋敷に戻った紗那は、与えられた部屋で大人しく過ごしている。

紗那がいる部屋から外に出るにはひとつの廊下を通らねばならぬので、伊次はそこに見張りを二人置き、なるべく静かに過ごせるよう配慮した。

信平も伊次の想いを汲み、佐吉たち家来を見張りに立てず、紗那が自ら話すのを待つことにした。

光音は信平のそばに座り、じっと目を閉じていた。

陰陽師の術で何かを見ているのだろうかと思い訊いたが、目を開けた光音は、照れたような笑みで首を振った。

気が利く頼母が菓子を手に入れて戻り、白い饅頭《まんじゅう》を盛った漆塗《うるしぬ》りの高坏《たかつき》を光音の前に置いた。

「どうぞ」

「ありがとうございます」

遠慮がちな顔で饅頭を手にした光音が、小さな口に運ぶ。

紗那のことで調べに行っていた善衛門が帰ったのは、それから一刻が過ぎた、夕方のことだった。

伊次に続いて、肩を落として部屋に入った善衛門の様子に、不首尾《ふしゅび》だったのだろうと思った信平は、労いの言葉をかけた。

すると善衛門が、信平の前に座るなり、唇を震わせるではないか。

「いかがした。目が腫《は》れておるぞ」

「あまりに哀れで、不覚にも……」

信平は、察して問う。

「紗那のことが、分かったのだな」

「父親と同郷の者に、話を聞くことができました」

手の甲で洟《はな》をすすった善衛門が、苦い顔で話しはじめた。

それによると、紗那は水根正信の一人娘であった。

藩随一の弓の名手だった正信は弓組の頭《かしら》を務めており、一人娘の紗那には、婿をとっても当主はそなただと言って溺愛《できあい》し、幼い頃から弓の手ほどきをしていたという。

十二の年頃には、紗那は城下でも名が知られた弓の名手になっており、その腕前は、父親を凌《しの》ぐほどだった。

正信は、同輩たちに娘の自慢をして成長を楽しみにしていたのだが、ある日、悲劇が起きた。

善衛門が、ひとつ息をして言う。

「紗那は三年前、弓で両親を射殺《いころ》して行方をくらましたままだと申しておりました」

話を聞いていた伊次が立ち上がった。

「藩では、そのようになっているのですか」

善衛門が、悔しげに言う。

「当時水根家に仕えていた者が、紗那が弓を射るのを見ておったそうじゃ」

絶句する伊次が、信平に助けを求める顔を向ける。

信平は、善衛門に確かめた。

「三宗を見た者はおらぬのか」

「紗那の事情を隠さず話し、三宗の存在を伝えたのですが、見た者がおりませぬ。ゆえに、紗那は厳しい稽古をさせる父親のせいで正気を失い、母共々殺して逃げたことになっていたそうです」

「して、事実を知った藩としては、紗那をどうすると」

「留守《るす》居役《いやく》は、江戸の藩邸に伝えるとは申しましたが、薄士ではないので口を出すつもりはなく、信平様に一任したいとのことです」

「さようか」

「神宮路に絡んでいることですので、関わりを断ちたいのが本音ではないかと」

「ふむ」

伊次が言う。

「紗那殿は三宗に操られて親を殺したに違いございませぬ」

「麿も、そう思う。呪詛をかけた三宗が、意のままに操れるか確かめるためにさせたに違いない。決して、許せぬことじゃ」

信平の眼差しが、皆がどきりとするほど鋭い光を帯びた。

「わたしが紗那殿に確かめてみます」

立ち上がる伊次を、信平が止めた。

「今は、そっとしておくほうが良い。ここは、麿にまかせてくれぬか」

伊次は悔しそうな顔をしたが、信平に従った。

信平が眼差しを向けると、饅頭を食べていた光音が小さく顎を引いた。


紗那が動いたのは、翌早朝だった。

有明行灯《ありあけあんどん》の薄明かりの中、床から出た紗那は、枕元に置いていた着物に着替え、火を吹き消した。

障子をそろりと開けて外の様子を探り、人気《ひとけ》がないのを確かめて部屋から出た。

隣の屋敷の土塀と蔵に挟まれている離れから町に出るには、狭い庭を通らなければならないようだが、その庭を見張る者が、渡り廊下の先にある小部屋に詰めている。

憚《はばか》りに行く時に逃げ道を探っていた紗那は、見張りを黙らせるために、そっと小部屋に歩み寄った。

すると、中からいびきが聞こえてきたので、紗那は庭に面した廊下に歩みを進め、開けられていた障子の端から中を覗いた。

二人の見張りのうち一人は、暖を取る火鉢を抱えるようにして眠り、もう一人は、仰向けになっていびきをかいている。

火鉢を抱える見張りを警戒した紗那は、そっと近づいた。

気配に気付いて目をさました見張りの男が、目の前に紗那がいたのでぎょっとして声をあげようとしたが、それより早く手刀で首を打たれて気絶した。

倒れる見張りの身体を支えて横にさせた紗那は、いびきが止《や》まぬ見張りを見て安堵の息を吐くと、気絶させた見張りの腰から脇差を奪い、庭へ出た。

屋敷の気配を探りつつ、用心深く歩みを進めた紗那は、裏の木戸へたどり着き、門を開け、そっと外へ出る。草履もつっかけず、白足袋《しろたび》一枚で路地を走った紗那は、六波羅にある三宗の家に向かった。

黎明《れいめい》の町を走る姿を人に見られることなく六波羅に来た紗那は、建仁寺《けんにんじ》を目指して町家のあいだを歩んだ。

布田から逃げ帰り、神宮路に許しを乞うたものの未だ音沙汰なく、軍司に命じられるまま家に引き籠もっていた三宗は、この時、建仁寺の南にある隠れ家で、一人で眠っている。

昨日まで見えていた紗那の姿がぷっつり途絶えてしまい、信平の仕業と恨んだ三宗は、深酒をしながら次なる手を考えていた。

「紗那に勝る駒を捜さねば」

蠟燭の明かりに妖しい眼差しを光らせながら考えていた三宗であるが、丑三《うしみ》つ時《どき》から眠りについていたのだ。

その三宗が、庭に忍び込む気配に目を見開いた。

一度我が手中にした者の気配は、すぐに分かる。

暗闇の中でにたりとした三宗は、起き上がった。

「紗那、よう戻った」

濡《ぬ》れ縁《えん》に足を上げていた紗那が、障子の内側からした声にどきりとした。

「いかがした。遠慮せずに入れ」

恨みに満ちた目をした紗那が、脇差を抜いて障子を開けた。

になった。

叫んで突きかかる紗那の手首をつかんだ三宗が、嬉々《きき》とした目で捻り倒し、馬乗りになった。

「馬鹿め。お前が信平と互角に渡り合えたのは、わたしが操っていたからだ。弓の腕は確かだが、剣技は所詮《しょせん》こんなものだ」

「離せ！」

「離すものか。誰が呪詛を解いたかしらぬが、一度わたしの術にかけられた者を取り戻すのは容易いこと。お前はわたしのものだ。また人を殺させてやるぞ。どうじゃ、人を殺すのは、楽しかったであろう」

「黙れ。お前のせいで、父上と母上を……」

涙をためる紗那に、三宗が言う。

「親を殺させたのはわたしだが、弓矢を射たのはお前の身体だ。楽しそうに、笑みを浮かべていたではないか」

「違う！」

「違わぬ。あれは、お前の本心だ。わたしは、お前のほんとうの姿を見出《みいだ》して、手を貸しただけだ。お前は、根っからの人殺しなのだ。さあ、もう一度弓の紗那に戻れ。

わたしと共に、神宮路様に仕えるのだ」

紗那の両腕を足で押さえて動きを封じた三宗が、紗那の顔を両手で塞いだ。

無垢な乙女の身体に邪念を入れるべく、呪《まじな》いを唱えた三宗が、途端に目を見開き、苦しみの声をあげた。

慌てて手を離すと、真顔で三宗を見つめる紗那の眼光が妖しく光り、小さな口から呪文が発せられた。

「き、貴様」

こころを取り込まれそうになり、三宗は紗那から離れた。

むっくりと起きた紗那が、脇差をつかんで立ち上がる。

「呪返《じゅがえ》しの術か。こしゃくな」

三宗が、大刀を取って抜いた。

「意のままにならぬなら、殺す」

紗那は恐れて下がり、庭に逃げた。

追って出た三宗が、明るくなりはじめた庭に立つ人影に目を向け、見開いた。

「貴様、信平」

紗那の前に立った信平が、鋭い眼差しを向ける。

「やはり、紗那の両親を殺させたのは貴様であったか」

「ふん、それがどうした」

「無垢な乙女を操り、陰から悪事を働くとは許せぬ。覚悟いたせ」

三宗が鼻先で笑い、刀を構えた。

「貴様の太刀筋は見抜いておる。その首を刎ねてくれる」

剣気をぶつける三宗に対し、信平は狐丸を抜かず、手刀を構えた。

「素手《すで》で勝てると思うておるとは、愚かな奴じゃ。死ね！」

三宗が叫び、前に出た。

「むん！」

袈裟懸けに打ち下ろされた一撃を、信平は容易くかわして首を打つ。

片手で受け止めた三宗が、刀の柄で信平の肩を打った。

飛びすさった信平を追って出る三宗が、唐竹割りに打ち下ろし、信平がかわすと休みなく胴を払う。

すべてを紙一重でかわす信平に、三宗が苛立ちの声をあげる。

「貴様、布田の時とは別人のようじゃ。どういうことだ」

答えるはずもない信平に、三宗が怒りをぶつける。

「ええい！」

刀を突き出した三宗の一撃をかわした信平は、抜刀した狐丸で右の手首を切断した。

「うがああ！」

右手を失った三宗が、苦しみの悲鳴をあげてのたうち回った。

とどめを刺そうとした信平に、紗那が声をあげる。

「どうか、わたくしに仇討《あだう》ちをさせてください！」

狐丸を下げて顔を向ける信平に、紗那が必死に訴えた。

「わたしは多くの人を殺めています。その罪は消えません。死をもってお詫びいたしますので、どうか、その前に親の仇を討たせてください」

狐丸を納めた信平は、紗那にうなずいた。

「そう願うことは、分かっていた」

紗那のこころの底にある復讐の炎を見ていた光音が、信平に告げていたのだ。

「どうしても、仇を討ちたいか」

「父と母は、わたしに殺されたと思いながら死んでいったのです。そのような思いをさせた三宗が憎い。多くの人の命を奪わせた三宗が憎うございます。どうか、多くの人の命を奪ったこの手で、恨みを晴らさせてください」

「あい分かった」

信平は、佐吉を呼んだ。

木戸の外を守っていた佐吉が庭に入り、持っていた弓矢を紗那に渡した。

「亡くなられた罪なき者たちの無念を晴らすがよい」

紗那は、信平に力強く顎を引いた。そして、弓に矢を番え、三宗に狙いを定めた。

「ま、待て、紗那。わたしは、神宮路に命じられただけだ。信平殿、頼む。命だけは助けてくれ。神宮路の居場所を知っている。すべて話すゆえ命ばかりは」

紗那が躊躇った隙に、三宗が煙玉を投げつけた。

逃げる三宗に気付いて紗那が叫んだが、真っ白な煙に視界を奪われた。

信平は紗那の手を引いて、逃げた気配を追う。

三宗を追って道に出た信平は、紗那を促す。

応じた紗那が弓を引き、後ろを振り向きながら走る三宗に狙いを定めて矢を放った。

空を切って迫る矢に背中を貫かれた三宗は、呻き声をあげて突っ伏した。

苦痛に顔を歪め、這って逃げようとした三宗は、力尽き、目を開けたまま絶命した。

信平が顔を向けると、紗那は口に手の甲を当て、目をきつく閉じた。

「父上、母上」

必死に堪えていた感情が噴き出した紗那は、地べたに膝をついて泣き崩れた。

信平は、哀れな紗那のそばで片膝をつき、肩にそっと触れて慰めの言葉をかけた。

「お上《かみ》にすべてを話せば、慈悲もあろう」

紗那はかぶりを振った。

「覚悟は、できています」

「そなたは操られていたのだ。生きて供養《くよう》をしながら、罪を償《つぐな》うがよい」

その時信平は、気配に鋭い目を向け、同時に、紗那を抱いて転がった。

人気のない朝の通りに鉄砲の音が響き、弾丸が土を弾き上げる。

「殿！」

「来るでない！」

叫んで佐吉を止めた信平は、気配を追って走る。

辻灯籠《つじどうろう》に隠れて舌打ちをした鹿野万治が、神宮路から渡された鉄砲を捨て、使い慣れた己の鉄砲を取って構える。

抜いた刀を下げて迫る信平に狙いを定めた鹿野万治が、引き金を引こうとした時、信平が辻灯籠の死角に消えた。

「おのれ」

一歩通りに出て鉄砲を向けた鹿野万治は、信平が塀の上を走って飛んできたので、目を見開いた。

信平に向けて放たれた鉄砲の轟音《ごうおん》が響く。

筒先から煙が流れる鉄砲を構えたままの鹿野万治。その後ろで、信平はうつ伏せに倒れている。

弓矢で信平を助けようとしていた紗那が、動かぬ信平に目を見開いている。

「殿!」

佐吉が叫び、駆け寄ろうとした時、鹿野万治が呻き声をあげて足から崩れ伏した。

自ら仰向けになった信平は、苦痛に顔を歪めて起き上がった。白い狩衣の右肩に血がにじんでいる。

駆け寄った佐吉が、着物の袖を引き裂いて肩に当てる。

「大事ない。かすっただけじゃ」

「肝が冷えましたぞ、殿」

佐吉は、まだ刺客がいないかあたりを警戒しつつ、信平に肩を貸して立たせた。

「歩けますか」

「麿はよい。それより、紗那に怪我はないか」

「はい、弓で殿を救おうとしておりました」

「さようか。危ないところであった。この場に、光音を連れて来なくてよかった」

「紗那を案じて、来たがっていましたからな」

佐吉の身体から顔を覗かせた信平は、弓を持って立ちすくんでいる紗那を見て、安堵した。

「佐吉、鉄砲を持て。所司代殿へ預ける」

「はは」

佐吉が信平から離れると、紗那が駆け寄った。

「神宮路の手の者が、わたしを狙ったに違いありませぬ。申しわけございませぬ」

「いや、狙われたのは麿じゃ。新手が来ぬうちに、伊次殿の屋敷に帰ろう」

信平は紗那を促し、佐吉と共にこの場を去った。

軍司から知らせを受けた神宮路は、分かった、とだけ言い、椅子を転じて背を向けた。

紗那と三宗のみならず、鹿野万治までも失い、心中穏やかではないはずだが、大池を見つめる神宮路の顔に、怒りの色はない。

「軍司」

「はは」

「鉄砲の試し撃ちは失敗に終わったが、威力は分かっている。このまま作らせろ」

「かしこまりました。布田藩の改易が、決まったそうにございます」

「兵は集まりそうか」

「手の者を向かわせております」

「次は、黒田《くろだ》か」

「万事、うまく運んでおります」

「うむ」

「信平を、このままにしてよろしいのですか。奴の配下が、探索に動いているようですが」

「信平が京にとどまるなら、いずれ宗之介とぶつかるだろう。その時が、奴の命日だ。宗之介には、仕事を怠るなと伝えておけ」

「承知しました」

軍司が下がると、神宮路は縁側に立った。

陽光に輝く池を見つめる神宮路の目は、自信に満ちている。

六

同じ日の夕方、帰る前にもう一度確かめると言って紗那の額に手を当てていた光音が、信平に膝を転じて微笑んだ。

「呪詛は綺麗《きれい》に消えています。もう大丈夫です」

信平は礼を言い、優しい眼差しを紗那に向けた。

紗那は両手をついて、信平と光音に頭を下げた。

「このご恩、忘れませぬ」

遠慮して手をひらひらとやる光音の横で、信平が言う。

「役所では厳しい調べがあろうが、生きる希望を持ってくれ」

「はい」

廊下で待たされている伊次が、心配そうな顔を覗かせているので、信平は誘った。

安堵の息を吐いた伊次が、中に入って言う。

「紗那殿、新しい部屋を用意しておる、そこでゆるりと休まれよ。光音殿は、家中《かちゅう》の者に送って行かせよう。信平様、礼金はわたしに出させてくだされ」

勝手に決める伊次に不服そうな顔をした光音が、信平の後ろに隠れた。

頼母が言う。

「光音殿のことはご心配なく。殿、道謙様が加茂邸でお待ちです」

「ふむ」

信平が、伊次に言う。

「これより、紗那を所司代殿の屋敷へ連れてまいる。共に来られるか」

伊次は、もの悲しそうな顔をした。

「やはり、見逃すわけにはいきませぬか」

「それは、所司代殿が決められよう。駕籠を二つ頼みます」

「承知いたしました」

程なく伊次が用意した駕籠に紗那と光音を乗せ、信平はまず、所司代屋敷に赴き、紗那と鉄砲を牧野に託した。

善衛門を残し、牧野に紗那のことを伝えさせた信平は、佐吉と厳治が担ぐ駕籠に付き添い、光音を送り届けた。

並んで座る道謙と加茂光行の前に座した信平は、両手をつくと、紗那を地獄から救えたことへの礼を述べた。

孫娘の活躍に満足した加茂光行が、佐吉が差し出した礼金を受け取ってますます上機嫌になり、信平の横に座っている光音に笑みを向ける。

「信平殿、良い子であろう」

「はい。紗那のこころを見抜かれたのには、驚きました。呪返しも、見事でございます」

「近頃、京にはよろしくない気配が蠢《うごめ》いておる。妖しげな術を使う者がふたたび現れた時は、遠慮のう頼られよ」

信平は光音に向いた。

「その時は、よしなに」

信平を見上げた光音が、明るい顔でうなずく。

道謙が口を開いた。

「信平、江戸に戻るのか」

「いえ、しばし逗留し、ひょうたん剣士と神宮路の動きを探るつもりです」

「そうか。ならば、たまには酒を飲みに寄れ。おとみも喜ぶ」

「はは。では、これにて」

頭を下げた信平は、所司代屋敷に向かった。

所司代屋敷に着くと、牧野の家臣が信平を座敷に案内した。

牧野が待ちわびていたような顔で出迎え、座敷に入ると、善衛門と伊次がいた。三人で紗那のことを話していたのか、伊次は、神妙な顔をしている。

上座に座った牧野が、信平に渋い顔で告げる。

「たった今、江戸から早馬がまいった。布田藩は、改易が決まったぞ」

江戸家老の柏木と国家老の大木は、切腹が申しつけられ、幼い藩主は他藩への預かりとなり、幽閉されたまま生涯を終えることになる。

「布田は、どうなるのですか」

「当面は、天領になる。豪族の出である篠田《しのだ》元助と申す者が、代官を任じられることとなった」

鈴蔵を助けた者の名が元助だったはず。

信平が善衛門を見ると、そのとおり、という目顔をした。

牧野が言う。

「御公儀は布田を拠点に、備後から出雲《いずも》にかけて点在する鉄の産地を探り、神宮路と関わりがある大名を炙《あぶ》り出す腹積もりのようだ。わしも何かと、忙しくなる。そこで信平殿、京に残って、手を貸してくれぬか」

「元よりそのつもりです。ひょうたん剣士の探索に出た者も、まだ戻りませぬゆえ」

「こころ強い限りだ。よろしく頼む」

「はは」

牧野が、険しい顔をして言う。

「信平殿の命を奪わんとした者が所持していた鉄砲のことだが、鉄砲方の組頭に調べさせた。ひとつは古い型のものだが、こちらは、厄介だぞ」

牧野がそばに置いていた鉄砲を取り、信平に渡した。

ずしりと重い。

「これは、まったく新しい型のもので、筒も大きい。弾がまともに当たれば、南蛮胴も容易く貫通する代物だそうだ。命拾いをしたな」

「布田藩の山で、これを作っていたのでしょうか」

「そう思い、紗那に見せたところ、示したのは古い型のほうだった」

「では」

「さよう。神宮路は、鉄砲を別の場所でも作っている。これは由々しきことだ。鉄砲を急ぎ江戸へ送り、御公儀の沙汰を待つ。紗那が申すには、布田の山から出された鉄のほとんどが、領外へ運ばれておるぞ」

「その場所は」

牧野は首を振った。

「紗那は、行き先までは知らぬようだ。嘘を言うているとは思えぬ」

「では、神宮路の居場所は」

「それもだめだ。隠れ家には目隠しをして連れて行かれ、以後神宮路と会うていたのは、紗那を操っていた者だ」

「そうですか。して、紗那はいかがなされます」

「紗那のことは、お二人から詳しく聞いた。哀れとしか言いようがない」

「では、御慈悲を賜れますか」

沙汰を下す権限を持つ牧野は、難しい顔で腕組みをした。

「伊次殿にも言うたのだが、無罪放免というわけにはいかぬ」

「紗那も、覚悟はしております」

そうか、と言った牧野が、信平をちらりと見た。

「実は、今朝道謙様が訪ねて来られた」

珍しいことだと、信平は驚いた。

牧野が言う。

「弟子が助けようとしておる紗那と申す乙女は、魔術に取り込まれて操られていた哀れな者ゆえ、罪を減じろ。と、仰せになられた」

「師匠が、そのようなことを」

信平は、道謙のこころ根が胸に染みた。

「それだけではのうて、紗那を預ける良いところを教えてくだされた」

「どこですか」

訊いたのは伊次だ。不安そうな顔で身を乗り出している。

牧野は、伊次に顔を向けて言う。

「おぬしは、知らぬほうが良い。知ったところで、手も足も出せぬところゆえな」

「遠い島ですか」

「こころが傷付いた紗那にとっては、安寧に過ごせるところゆえ、案ずるな」

牧野は、この場ではついに明かさなかったが、後日、信平に届いた紗那からの文には、剃髪《ていはつ》し、仏門に入ったと書かれていた。

　このののち紗那は、己が手にかけた者たちの供養をして生き、六十五年の生涯を閉じたという。

本書は『魔眼の光 公家武者 松平信平15』（二見時代小説文庫）を大幅に加筆・改題したものです。

|著者|佐々木裕一　1967年広島県生まれ、広島県在住。2010年に時代小説デビュー。「公家武者　信平」シリーズ、「浪人若さま新見左近」シリーズのほか、「若返り同心　如月源十郎」シリーズ、「身代わり若殿」シリーズ、「若旦那隠密」シリーズなど、痛快かつ人情味あふれるエンタテインメント時代小説を次々に発表している時代作家。本作は公家出身の侍・松平信平が主人公の大人気シリーズ、その始まりの物語、第15弾。

魔眼《まがん》の光《ひかり》　公家武者信平《くげむしゃのぶひら》ことはじめ（十五）

佐々木裕一《ささきゆういち》

講談社文庫

定価はカバーに
表示してあります

2024年３月15日第１刷発行

発行者――森田浩章
発行所――株式会社　講談社
東京都文京区音羽2-12-21　〒112-8001
電話　出版（03）5395-3510
　　　販売（03）5395-5817
　　　業務（03）5395-3615

KODANSHA

デザイン―菊地信義
本文データ制作―講談社デジタル製作
印刷―――株式会社KPSプロダクツ
製本―――株式会社国宝社

Printed in Japan

ISBN978-4-06-535049-2

講談社文庫刊行の辞

二十一世紀の到来を目睫に望みながら、われわれはいま、人類史上かつて例を見ない巨大な転換期をむかえようとしている。

世界も、日本も、激動の予兆に対する期待とおののきを内に蔵して、未知の時代に歩み入ろうとしている。このときにあたり、創業の人野間清治の「ナショナル・エデュケイター」への志を現代に甦らせようと意図して、われわれはここに古今の文芸作品はいうまでもなく、ひろく人文・社会・自然の諸科学から東西の名著を網羅する、新しい綜合文庫の発刊を決意した。

激動の転換期はまた断絶の時代である。われわれは戦後二十五年間の出版文化のありかたへの深い反省をこめて、この断絶の時代にあえて人間的な持続を求めようとする。いたずらに浮薄な商業主義のあだ花を追い求めることなく、長期にわたって良書に生命をあたえようとつとめるところにしか、今後の出版文化の真の繁栄はあり得ないと信じるからである。

同時にわれわれはこの綜合文庫の刊行を通じて、人文・社会・自然の諸科学が、結局人間の学にほかならないことを立証しようと願っている。かつて知識とは、「汝自身を知る」ことにつきていた。現代社会の瑣末な情報の氾濫のなかから、力強い知識の源泉を掘り起し、技術文明のただなかに、生きた人間の姿を復活させること。それこそわれわれの切なる希求である。

われわれは権威に盲従せず、俗流に媚びることなく、渾然一体となって日本の「草の根」をかたちづくる若く新しい世代の人々に、心をこめてこの新しい綜合文庫をおくり届けたい。それは知識の泉であるとともに感受性のふるさとであり、もっとも有機的に組織され、社会に開かれた万人のための大学をめざしている。大方の支援と協力を衷心より切望してやまない。

一九七一年七月

野間省一

講談社文芸文庫

吉本隆明

わたしの本はすぐに終る

吉本隆明詩集

解説＝高橋源一郎　年譜＝高橋忠義

つねに詩を第一と考えてきた著者が一九五〇年代前半から九〇年代まで書き続けてきた作品の集大成。『吉本隆明初期詩集』と併せ読むことで沁みる、表現の真髄。

よB11

978-4-06-534882-6

加藤典洋

人類が永遠に続くのではないとしたら

解説＝吉川浩満　年譜＝著者・編集部

かつて無限と信じられた科学技術の発展が有限だろうと疑われる現代で人はいかに生きていくのか。この主題に懸命に向き合い考察しつづけた、著者後期の代表作。

かP8

978-4-06-534504-7

さいとう・たかを 戸川猪佐武 原作　歴史劇画 大宰相〈第四巻 池田勇人と佐藤栄作の激突〉
さいとう・たかを 戸川猪佐武 原作　歴史劇画 大宰相〈第五巻 田中角栄の革命〉
さいとう・たかを 戸川猪佐武 原作　歴史劇画 大宰相〈第六巻 三木武夫の挑戦〉
さいとう・たかを 戸川猪佐武 原作　歴史劇画 大宰相〈第七巻 福田赳夫の復讐〉
さいとう・たかを 戸川猪佐武 原作　歴史劇画 大宰相〈第八巻 大平正芳の決断〉
さいとう・たかを 戸川猪佐武 原作　歴史劇画 大宰相〈第九巻 鈴木善幸の苦悩〉
さいとう・たかを 戸川猪佐武 原作　歴史劇画 大宰相〈第十巻 中曽根康弘の野望〉
佐藤　優　人生の役に立つ聖書の名言
佐藤　優　戦時下の外交官〈ナチス・ドイツの崩壊を目撃した吉野文六〉
佐藤　優　人生のサバイバル力
斉藤詠一　到達不能極
斉藤詠一　クメールの瞳
佐々木　実　竹中平蔵 市場と権力〈「改革」に憑かれた経済学者の肖像〉
斎藤千輪　神楽坂つきみ茶屋〈禁断の"盃"と絶品江戸レシピ〉
斎藤千輪　神楽坂つきみ茶屋2〈突然のピンチと喜寿の祝い膳〉
斎藤千輪　神楽坂つきみ茶屋3〈想い人に捧げる鍋料理〉
斎藤千輪　神楽坂つきみ茶屋4〈頂上決戦の七夕料理〉
作画・蔡志忠 訳・和田武司 監修・野末陳平　マンガ 孔子の思想
作画・蔡志忠 訳・和田武司 監修・野末陳平　マンガ 老荘の思想

作画・蔡志忠 訳・和田武司 監修・野末陳平　マンガ 孫子・韓非子の思想
佐野広実　わたしが消える
紗倉まな　春、死なん
司馬遼太郎　新装版 播磨灘物語 全四冊
司馬遼太郎　新装版 箱根の坂(上)(中)(下)
司馬遼太郎　新装版 アームストロング砲
司馬遼太郎　新装版 歳　月(上)(下)
司馬遼太郎　新装版 おれは権現
司馬遼太郎　新装版 大 坂 侍
司馬遼太郎　新装版 北斗の人(上)(下)
司馬遼太郎　新装版 軍 師 二 人
司馬遼太郎　新装版 真説宮本武蔵
司馬遼太郎　新装版 最後の伊賀者
司馬遼太郎　新装版 俄(上)(下)
司馬遼太郎　新装版 尻啖え孫市(上)(下)
司馬遼太郎　新装版 王城の護衛者
司馬遼太郎　新装版 妖　怪(上)(下)
司馬遼太郎　新装版 風の武士(上)(下)
司馬遼太郎　戦 雲 の 夢〈レジェンド歴史時代小説〉

司馬遼太郎 海音寺潮五郎　新装版 日本歴史を点検する
司馬遼太郎 井上ひさし　新装版 国家・宗教・日本人
司馬遼太郎 陳舜臣 金達寿　新装版 歴史の交差路にて〈日本・中国・朝鮮〉
柴田錬三郎　お江戸日本橋(上)(下)
柴田錬三郎　貧乏同心御用帳
柴田錬三郎　新装版 岡っ引どぶ〈柴錬捕物帖〉
柴田錬三郎　新装版 顔十郎罷り通る(上)(下)
島田荘司　御手洗潔の挨拶
島田荘司　御手洗潔のダンス
島田荘司　水晶のピラミッド
島田荘司　眩（めまい）暈
島田荘司　ア ト ポ ス
島田荘司　異 邦 の 騎 士〈改訂完全版〉
島田荘司　御手洗潔のメロディ
島田荘司　Ｐ の 密 室
島田荘司　ネジ式ザゼツキー
島田荘司　都市のトパーズ2007
島田荘司　21世紀本格宣言
島田荘司　帝都衛星軌道

島田荘司　UFO大通り
島田荘司　リベルタスの寓話
島田荘司　透明人間の納屋
島田荘司　占星術殺人事件〈改訂完全版〉
島田荘司　斜め屋敷の犯罪〈改訂完全版〉
島田荘司　星《せい》籠《ろ》の海　(上)(下)
島田荘司　屋上
島田荘司　名探偵傑作短篇集　御手洗潔篇
島田荘司　火刑都市〈改訂完全版〉
島田荘司　暗闇坂の人喰いの木〈改訂完全版〉
清水義範　蕎《そ》麦《ば》ときしめん
清水義範　国語入試問題必勝法〈新装版〉
椎名　誠　にっぽん・海風魚旅
椎名　誠　〈にっぽん・海風魚旅4〉〈怪し火さすらい編〉
椎名　誠　大漁旗ぶるぶる乱風編〈にっぽん・海風魚旅5〉
椎名　誠　南シナ海ドラゴン編
椎名　誠　風のまつり
椎名　誠　ナマコ
椎名　誠　埠頭三角暗闇市場
真保裕一　取引

真保裕一　震源
真保裕一　盗聴
真保裕一　朽ちた樹々の枝の下で
真保裕一　奪取　(上)(下)
真保裕一　防壁
真保裕一　密告
真保裕一　黄金の島　(上)(下)
真保裕一　発火点
真保裕一　夢の工房
真保裕一　灰色の北壁
真保裕一　覇王の番人　(上)(下)
真保裕一　デパートへ行こう！
真保裕一　アマルフィ〈外交官シリーズ〉
真保裕一　天使の報酬〈外交官シリーズ〉
真保裕一　アンダルシア〈外交官シリーズ〉
真保裕一　ダイスをころがせ！　(上)(下)
真保裕一　天魔ゆく空　(上)(下)
真保裕一　ローカル線で行こう！
真保裕一　遊園地に行こう！

真保裕一　オリンピックへ行こう！
真保裕一　連鎖〈新装版〉
真保裕一　暗闇のアリア
真保裕一　ダーク・ブルー
篠田節子　弥勒
篠田節子　転生
篠田節子　竜と流木
重松　清　定年ゴジラ
重松　清　半パン・デイズ
重松　清　流星ワゴン
重松　清　ニッポンの単身赴任
重松　清　愛妻日記
重松　清　青春夜明け前
重松　清　カシオペアの丘で　(上)(下)
重松　清　永《と》遠《わ》を旅する者〈ロストオデッセイ　千年の夢〉
重松　清　かあちゃん
重松　清　十字架
重松　清　峠うどん物語　(上)(下)
重松　清　希望ヶ丘の人びと　(上)(下)

講談社文庫　目録

講談社文庫　目録

瀬戸内寂聴・訳　源氏物語　巻一《まきいち》
瀬戸内寂聴・訳　源氏物語　巻二《まきに》
瀬戸内寂聴・訳　源氏物語　巻三《まきさん》
瀬戸内寂聴・訳　源氏物語　巻四《まきし》
瀬戸内寂聴・訳　源氏物語　巻五《まきご》
瀬戸内寂聴・訳　源氏物語　巻六《まきろく》
瀬戸内寂聴・訳　源氏物語　巻七《まきしち》
瀬戸内寂聴・訳　源氏物語　巻八《まきはち》
瀬戸内寂聴・訳　源氏物語　巻九《まきく》
瀬戸内寂聴・訳　源氏物語　巻十《まきじゅう》
先崎　学　先崎 学の実況！ 盤外戦
妹尾河童　少年H (上)(下)
瀬尾まいこ　幸福な食卓
関原健夫　がん六回　人生全快
瀬川晶司　泣き虫しょったんの奇跡　完全版〈サラリーマンから将棋のプロへ〉
仙川　環《たまき》　幸福の劇薬〈医者探偵・宇賀神晃〉
仙川　環　偽装診療〈医者探偵・宇賀神晃〉
瀬木比呂志　黒い巨塔〈最高裁判所〉
瀬那和章　今日も君は、約束の旅に出る

瀬那和章　パンダより恋が苦手な私たち
瀬那和章　パンダより恋が苦手な私たち2
蘇部健一　六枚のとんかつ
蘇部健一　六とん2
蘇部健一　届かぬ想い
曽根圭介　沈底魚
曽根圭介　藁《わら》にもすがる獣たち
田辺聖子　ひねくれ一茶
田辺聖子　愛の幻滅 (上)(下)
田辺聖子　うたかた
田辺聖子　春情蛸の足
田辺聖子　蝶花嬉遊図
田辺聖子　言い寄る
田辺聖子　私的生活
田辺聖子　苺をつぶしながら
田辺聖子　不機嫌な恋人
田辺聖子　女の日時計
谷川俊太郎訳 和田　誠絵　マザー・グース　全四冊
立花　隆　中核VS革マル (上)(下)

立花　隆　日本共産党の研究　全三冊
立花　隆　青春漂流
高杉　良　労働貴族
高杉　良　広報室沈黙す (上)(下)
高杉　良　炎の経営者 (上)(下)
高杉　良　小説 日本興業銀行　全五冊
高杉　良　社長の器
高杉　良　その人事に異議あり〈女性広報主任のジレンマ〉
高杉　良　人事権！
高杉　良　小説消費者金融〈クレジット社会の罠〉
高杉　良　小説 新巨大証券 (上)(下)
高杉　良　局長罷免―小説通産省
高杉　良　首魁《しゅかい》の宴《うたげ》〈政官財腐敗の構図〉
高杉　良　指名解雇
高杉　良　燃ゆるとき
高杉　良　銀行大合併〈短編小説全集(上)〉
高杉　良　エリートの反乱〈短編小説全集(中)〉
高杉　良　金融腐蝕列島 (上)(下)
高杉　良　勇気凜々

講談社文庫　目録

高杉　良　混沌《こんとん》 新・金融腐蝕列島 (上)(下)
高杉　良　乱　気　流 (上)(下)
高杉　良　小説 会 社 再 建
高杉　良　新装版 懲 戒 解 雇
高杉　良　新装版 大 逆 転！〈小説 三菱・第一銀行合併事件〉
高杉　良　新装版 バンダルの塔
高杉　良　第　四　権　力〈巨大メディアの罪〉
高杉　良　巨大外資銀行
高杉　良　最強の経営者〈アサヒビールを再生させた男〉
高杉　良　リ　ベ　ン　ジ〈巨大外資銀行〉
高杉　良　新装版 会 社 蘇 生
竹本健治　新装版 匣《はこ》の中の失楽
竹本健治　囲碁殺人事件
竹本健治　将棋殺人事件
竹本健治　トランプ殺人事件
竹本健治　狂い壁　狂い窓
竹本健治　涙《るい》香《こう》 迷《めい》 宮《きゅう》
竹本健治　新装版 ウロボロスの偽書 (上)(下)
竹本健治　ウロボロスの基礎論 (上)(下)

竹本健治　ウロボロスの純正音律 (上)(下)
高橋源一郎　日本文学盛衰史
高橋源一郎　5と34時間目の授業
高橋克彦　写楽殺人事件
高橋克彦　総　門　谷
高橋克彦　炎《ほむら》立つ　壱 北の埋み火
高橋克彦　炎立つ　弐 燃える北天
高橋克彦　炎立つ　参 空への炎
高橋克彦　炎立つ　四 冥き稲妻
高橋克彦　炎立つ　伍 光彩楽土
高橋克彦　火　　怨〈北の燿星アテルイ〉(上)(下)
高橋克彦　水　　壁〈アテルイを継ぐ男〉
高橋克彦　天を衝く(1)～(3)
高橋克彦　風の陣　一 立志篇
高橋克彦　風の陣　二 大望篇
高橋克彦　風の陣　三 天命篇
高橋克彦　風の陣　四 風雲篇
高橋克彦　風の陣　五 裂心篇
高樹のぶ子　オライオン飛行

田中芳樹　創竜伝1〈超能力四兄弟《ドラゴン》〉
田中芳樹　創竜伝2〈摩天楼の四兄弟《ドラゴン》〉
田中芳樹　創竜伝3〈逆襲の四兄弟《ドラゴン》〉
田中芳樹　創竜伝4〈四兄弟《ドラゴン》脱出行〉
田中芳樹　創竜伝5〈蜃気楼都市《ミラージュ・シティ》〉
田中芳樹　創竜伝6〈染血の夢《ブラッディ・ドリーム》〉
田中芳樹　創竜伝7〈黄土のドラゴン〉
田中芳樹　創竜伝8〈仙境のドラゴン〉
田中芳樹　創竜伝9〈妖世紀のドラゴン〉
田中芳樹　創竜伝10〈大英帝国最後の日〉
田中芳樹　創竜伝11〈銀月王伝奇〉
田中芳樹　創竜伝12〈竜王風雲録〉
田中芳樹　創竜伝13〈噴火列島〉
田中芳樹　創竜伝14〈月への門〉
田中芳樹　創竜伝15〈旅立つ日まで〉
田中芳樹　魔　天　楼〈薬師寺涼子の怪奇事件簿〉
田中芳樹　東京ナイトメア〈薬師寺涼子の怪奇事件簿〉
田中芳樹　巴《パ》里《リ》・妖 都 変〈薬師寺涼子の怪奇事件簿〉
田中芳樹　クレオパトラの葬送〈薬師寺涼子の怪奇事件簿〉

田中芳樹　黒蜘蛛島《ブラックスパイダー・アイランド》〈薬師寺涼子の怪奇事件簿〉
田中芳樹　夜光曲〈薬師寺涼子の怪奇事件簿〉
田中芳樹　魔境の女王陛下〈薬師寺涼子の怪奇事件簿〉
田中芳樹　海から何かがやってくる〈薬師寺涼子の怪奇事件簿〉
田中芳樹　白魔《びゃくま》のクリスマス〈薬師寺涼子の怪奇事件簿〉
田中芳樹　タイタニア1〈疾風篇〉
田中芳樹　タイタニア2〈暴風篇〉
田中芳樹　タイタニア3〈旋風篇〉
田中芳樹　タイタニア4〈烈風篇〉
田中芳樹　タイタニア5〈凄風篇〉
田中芳樹　ラインの虜囚
田中芳樹　新・水滸後伝(上)(下)
田中芳樹／幸田露伴 原作　運命〈二人の皇帝〉
田中芳樹／土屋守　「イギリス病」のすすめ
田中芳樹《はか》文／皇名月 画・文　中国帝王図
田中芳樹／赤城毅　中欧怪奇紀行
田中芳樹 編訳　岳飛伝(一)〈青雲篇〉
田中芳樹 編訳　岳飛伝(二)〈烽火篇〉
田中芳樹 編訳　岳飛伝(三)〈風塵篇〉
田中芳樹 編訳　岳飛伝(四)〈悲曲篇〉
田中芳樹 編訳　岳飛伝(五)〈凱歌篇〉
高田文夫　TOKYO芸能帖〈1981年のビートたけし〉
高村薫　李歐《りおう》
高村薫　マークスの山(上)(下)
高村薫　照柿(上)(下)
多和田葉子　犬婿入り
多和田葉子　尼僧とキューピッドの弓
多和田葉子　献灯使
多和田葉子　地球にちりばめられて
多和田葉子　星に仄めかされて
高田崇史　QED〈百人一首の呪《しゅ》〉
高田崇史　QED〈六歌仙の暗号〉
高田崇史　QED〈ベイカー街の問題〉
高田崇史　QED〈東照宮の怨〉
高田崇史　QED〈式の密室〉
高田崇史　QED〈竹取伝説〉
高田崇史　QED〈龍馬暗殺〉
高田崇史　QED ～ventus～〈鎌倉の闇〉
高田崇史　QED〈鬼の城伝説〉
高田崇史　QED ～ventus～〈熊野の残照〉
高田崇史　QED〈神器封殺〉
高田崇史　QED ～ventus～〈御霊将門〉
高田崇史　QED ～flumen～〈九段坂の春〉
高田崇史　QED〈諏訪の神霊〉
高田崇史　QED〈出雲神伝説〉
高田崇史　QED〈伊勢の曙光《あけぼの》〉
高田崇史　QED ～flumen～〈ホームズの真実〉
高田崇史　毒草師〈QED Another Story〉
高田崇史　QED〈～flumen～月夜見〉
高田崇史　QED〈～ortus～白山の頻闇〉
高田崇史　QED〈憂曇華《うどんげ》の時〉
高田崇史　QED〈源氏の神霊〉
高田崇史　試験に出るパズル〈千葉千波の事件日記〉
高田崇史　試験に敗けない密室〈千葉千波の事件日記〉
高田崇史　試験に出ないパズル〈千葉千波の事件日記〉
高田崇史　パズル自由自在〈千葉千波の事件日記〉
高田崇史　麿の酩酊事件簿〈花に舞〉

2023年12月15日現在